KB053435

안개의 나라

시인 **김광규**는 1941년 서울에서 태어나, 서울대 및 동대학원 독문과를 졸업하고, 독일 뮌헨에서 수학했다. 1975년 계간『문학과지성』을 통해 등단한 이래 첫 시집『우리를 적시는 마지막 꿈』에서 최근『오른손이 아픈 날』까지 11권의 시집을 펴냈다. 이 밖에 시선집『희미한 옛사랑의 그림자』『누군가를 위하여』, 산문집『육성과 가성』『천천히 올라가는 계단』, 학술 연구서『귄터 아이히 연구』를 비롯해 다수의 번역 시집과 편저가 있다. 녹원문학상, 김수영문학상, 편운문학상, 대산문학상, 이산문학상, 프리드리히 군돌프 문화상(독일 예술원), 이미륵상(한독협회) 등을 수상했다. 현재 한양대 명예교수(독문학)이다.

김광규 시선집

안개의 나라

초판1쇄 발행 2018년 1월 8일
초판3쇄 발행 2022년 5월 20일

지 은 이   김광규
펴 낸 이   이광호
펴 낸 곳   ㈜**문학과지성사**
등록번호   제1993-000098호
주   소   04034 서울 마포구 잔다리로7길 18(서교동 377-20)
전   화   02)338-7224
팩   스   02)323-4180(편집) 02)338-7221(영업)
전자우편   moonji@moonji.com
홈페이지   www.moonji.com

ⓒ 김광규, 2018. Printed in Seoul, Korea

ISBN 978-89-320-3066-1 03810

안개의 나라

김광규 시선집

문학과지성사

차례

시인의 말

올해 희수를 맞이했다.
늦깎이 시인으로 살아오며 지난 40여 년 동안 창작 시
800여 편을 발표하고 독일 시 200여 편을 번역 출판했다.
이만하면 시를 쓰는 데 어지간히 숙달됐을 것 같지만,
시를 쓰는 작업은 나에게 예나 이제나 다름없이 낯설고
서투르다. 아마도 영원히 익숙해질 수 없는 일이 바로
시 쓰기 아닐까 생각된다. 그래도 시 쓰기를 멈추지 않고,
주변에 굴러다니는 이면지에 틈날 때마다 연필로 몇 줄씩
끼적거리는 것이 나의 오래된 버릇이다.
그 소산 가운데서 200여 편을 골라 이렇게 시선집을 펴낸다.
여기에 수록된 적지 않은 분량의 졸시를 정독하고
과분한 해설을 써주신 문학평론가 김인환 교수에게
충심으로 감사드린다.
지금까지 시집 11권과 시선집, 산문집과 깊이 읽기,
그리고 독문학 연구서를 내주신 문학과지성사에
또 갚기 힘든 빚을 지게 되었다.
아울러 이 세계 어디선가 나의 작품을 읽어주시는
미지의 독자 여러분께도 고마운 인사를 전하고 싶다.

2018년 1월
김광규

일러두기

1. 이 책은 시인이 1979년부터 2016년에 걸쳐 펴낸 시집 11권에서 시
   총 224편을 자선하여 실었다. 작품 수록 순서는 단행본 시집의 것
   을 따랐다.
2. 몇몇 시는 시인의 뜻에 따라 일부 표현을 수정했다.
3. 현행 국립국어연구원의 '한글 맞춤법'을 따르는 것을 원칙으로 하
   되, 띄어쓰기의 경우 본사의 내부 규정을 반영했다. 시의 제목과
   본문에 쓰인 한자는 대부분 한글로 옮겼으며, 필요한 경우 병기하
   였다.

우리를 적시는 마지막 꿈

(1979)

시론(詩論)

여름 한낮 땡볕 아래
텅 빈 광장을 무료하게 지나가다
문득 멈춰 서는 한 마리 개의
귓전에 들려오는

또는 포도밭 언덕에
즐비한 시멘트 십자가를 타고
빛과 물로 싱그럽게 열리는

소리를

바닷속에 남기고 물고기들은
시체가 되어 어시장에서
말없이 우리를 바라본다
저 많은 물고기의 무연한 이름들

우리가 잠시 빌려 쓰는
이름이 아니라 약속이 아니라
한 마리 참새의 지저귐도 적을 수 없는

언제나 벗어던져 구겨진

언어는 불충족한
소리의 옷

받침을 주렁주렁 단 모국어들이
쓰기도 전에 닳아빠져도
언어와 더불어 사는 사람은
두려워하지 않고 슬퍼하지 않고
아무런 축복도 기다리지 않고

다만 말하여질 수 없는
소리를 따라
바람의 자취를 좇아
헛된 절망을 되풀이한다

영산(靈山)

내 어렸을 적 고향에는 신비로운 산이 하나 있었다.
아무도 올라가본 적이 없는 영산(靈山)이었다.

영산은 낮에 보이지 않았다.
산허리까지 잠긴 짙은 안개와 그 위를 덮은 구름으로 하
여 영산은 어렴풋이 그 있는 곳만을 짐작할 수 있을 뿐이
었다.

영산은 밤에도 잘 보이지 않았다.
구름 없이 맑은 밤하늘 달빛 속에 또는 별빛 속에 거무
스레 그 모습을 나타내는 수도 있지만 그 모양이 어떠하며
높이가 얼마나 되는지는 알 수 없었다.

내 마음을 떠나지 않는 영산이 불현듯 보고 싶어 고속버
스를 타고 고향에 내려갔더니 이상하게도 영산은 온데간
데없어지고 이미 낯선 마을 사람들에게 물어보니 그런 산
은 이곳에 없다고 한다.

유무(有無) 1

염료상 붉은 벽돌집
봄비에 젖어
색상표에도 없는 낯선 색깔을 낸다

아무도 눈여겨보지 않은 이 색깔
지붕에 벽에 잠시 머물다
슬며시 그 집을 떠난다

보일 듯 잡힐 듯 그 색깔 따라
눈이 좋은 비둘기는
종악(鍾樂)이 울리는
아지랑이 속으로 날아간다

날다 지쳐 마침내 되돌아온 비둘기
옆집 TV 안테나 위에 앉아
염료가 지저분한 벽돌집을 물끄러미 바라본다

유무(有無) 2

그것은 멀리 지평선 위로 희미하게 떠돌기도 하고 아주
가까이서 나의 주위를 맴돌기도 했다.

나비처럼 너풀너풀 날다가 어깨 위에 내려앉고, 살그머
니 손을 뻗치면 다람쥐처럼 재빨리 달아나고, 숨을 헐떡이
며 쫓아가면 어느새 나의 몸속으로 스며들어 가슴을 답답
하게 했다.

언젠가 그것이 내 곁에 온 것을 붙잡은 적이 있었다. 뱀
처럼 차갑고 미끈미끈한 것이 손에서 빠져나가려고 꿈틀
댔다. 씨름하듯 그것과 맞붙어 엎치락뒤치락했으나 끝내
놓쳐버리고 말았다. 그것은 몸통도 머리도 다리도 날개도
없고 또한 보이지도 않았기 때문이다.

그것은 자꾸만 나를 따라다녔고 나는 언제나 그것을 뒤
쫓았다.

어쩌다 책방에서 마주치는 수도 있었지만 집어 보면 그
것은 한 권의 책일 뿐이었다. 때로는 시장이나 백화점에서
그것이 눈에 띄었으나 손에 잡힌 것은 생선이나 과일 또는
의복 따위였다. 한번은 그것이 단정한 중년의 사나이가 되

어 걸어가는 것을 보고 따라갔는데 그는 평범한 보험회사 사원이었다. 밤에도 환하게 빛나는 곳이 있어 달려가보았더니 거기에는 24시간 가동하는 중화학공장이 있었다.

우연히 처음 와보는 어느 골목길에서 마침내 나는 그것을 발견했다. 어디선가 많이 본 느낌이 드는 허름한 양옥집의 뒤쪽이었다. 반쯤 햇볕이 든 장독대 곁에 쓰다 버린 가구들이 널려 있고 한 귀퉁이에 굴뚝이 비스듬히 서 있는 그것은 지저분한 풍경이었다.

골목길을 되돌아 나오며 나는 행인들과 자동차와 가로수와 담배 가게와 길가의 리어카에서 그것을 보고 놀랐다. 그것은 이 세상 어디에나 있는 모습 같았다.

그러나 손으로 붙잡으려면 그것은 여전히 아무 곳에도 없었다.

나

살펴보면 나는
나의 아버지의 아들이고
나의 아들의 아버지고
나의 형의 동생이고
나의 동생의 형이고
나의 아내의 남편이고
나의 누이의 오빠고
나의 아저씨의 조카고
나의 조카의 아저씨고
나의 선생의 제자고
나의 제자의 선생이고
나의 나라의 납세자고
나의 마을의 예비군이고
나의 친구의 친구고
나의 적의 적이고
나의 의사의 환자고
나의 단골 술집의 손님이고
나의 개의 주인이고
나의 집의 가장이다

그렇다면 나는

아들이고

아버지고

동생이고

형이고

남편이고

오빠고

조카고

아저씨고

제자고

선생이고

납세자고

예비군이고

친구고

적이고

환자고

손님이고

주인이고

가장이지
오직 하나뿐인
나는 아니다

과연
아무도 모르고 있는
나는
무엇인가
그리고
지금 여기 있는
나는
누구인가

미래

19시 30분 서울역 도착
기차 시각표에 적힌 그대로
세련된 상표 붙은 인형들 싣고
서둘러 특급열차 달려간 뒤
초여름 들판에 빈 철로가 남는다

꼬불꼬불 밭둑길 논둑길 따라
타박타박 걸어가는 어린 여학생
하얀 블라우스와 까만 치마
훈풍이 스쳐가고
참으로 헤아릴 수 없는 그녀의 앞날
논물에 얼비쳐 눈이 부시다

여름날

달리고 싶다
가시덤불 우거진 가파른 산비탈
기관총에 맞은 게릴라처럼
피를 뿜으며
구르고 싶다
풀에 맺힌 이슬로 혀끝 적시고
새가 되어 계곡 깊숙이
날아 내리고 싶다

넘어지고 싶다
몰려오는 파도에 채여
깎이지 않는 바닷가
한낮의 햇볕 아래 무릎 꿇고
마지막 땀방울까지
흘리고 싶다
바다 밑 깊은 골짜기에
그림자 드리우고
알몸처럼 돌처럼
가라앉고 싶다

돌아가고 싶다

끈끈한 어둠의 숨결

무더운 수액 출렁이는 숲 속으로

들어가 길을 잃고

헤매고 싶다

쓰러져

잦아들어

땅속을 흐르고 싶다

어느 지사(志士)의 전기

관청에서는 그를 특이자(特異者)라고 불렀다.

그는 어렸을 적부터 길바닥에 쓰러진 이교도를 보살펴 주었고, 젊었을 때는 교활하고 잔인한 강력범을 옹호했으며, 나이가 들자 불온한 모임에 드나들며 지하운동을 벌였다.

세상은 언제나 난세였다.

도저히 그는 편안하게 자고, 맛있게 먹고, 돈을 벌어 즐겁게 살 수가 없었고, 또 그래서는 안 된다고 믿었다.

언제나 몸보다 마음을 앞세운 그는 수많은 일화가 증명하듯 크고 높은 뜻을 지닌 인물이었다.

그러나 사형대에 올라가기 전에 성자처럼 태연할 수 없었던 그는 담배 한 개비와 술 한 잔을 달라고 했단다.

그의 마지막 소원이 이뤄졌는지 나는 모른다.

다만 자기의 몸과 헤어지게 된 순간 그는 큰 소리로 만세를 부르는 대신 연약한 인간이 되어 떨었던 것이다.

그의 지사답지 못한 최후가 나를 가장 감동시킨다.

진혼가

애초부터 그는 없었던 것이 아닐까
새벽녘 바다와 마주 서서
흘러내리는 모래시계를 바라보며
때로는 건널목 신호등 앞에 잠시
걸음을 멈추고 생각했다
아니다
분명히 그는 있었다
창가에 걸린 그의 옷은 바람에 흔들리고
책상 위에 비스듬히 놓여 있는 안경
피우던 담배 다섯 개비 남았고
즐겨 마시던 술이 반병쯤
눈빛 목소리 몸짓 떨쳐버리고
마침내 몸까지 남겨놓고
그는 떠나간 것일까
그를 보내고 우리가 남은 것일까
아니다
신발을 벗어놓고
그는 갑자기 안으로 들어갔다
기억 속으로 들어가버렸다

우리는 그러면 밖에 있는 것일까
밖에서 서성거리며 그를 찾는 것일까
그럴 필요는 없다
이제 아무것도 그를 가리지 못하고
우리를 숨기지 못한다
가장 뚜렷한 모습으로
그는 저 안에 있는 것이다
그를 생각하지 말고
그를 보라

묘비명

한 줄의 시(詩)는커녕

단 한 권의 소설도 읽은 바 없이

그는 한평생 행복하게 살며

많은 돈을 벌었고

높은 자리에 올라

이처럼 훌륭한 비석을 남겼다

그리고 어느 유명한 문인이

그를 기리는 묘비명을 여기에 썼다

비록 이 세상이 잿더미가 된다 해도

불의 뜨거움 꿋꿋이 견디며

이 묘비는 살아남아

귀중한 사료(史料)가 될 것이니

역사는 도대체 무엇을 기록하며

시인(詩人)은 어디에 무덤을 남길 것이냐

고향

등이 굽은 물고기들
한강에 산다
등이 굽은 새끼들 낳고
숨막혀 헐떡이며 그래도
서울의 시궁창 떠나지 못한다
바다로 가지 않는다
떠나갈 수 없는 곳
그리고 이젠 돌아갈 수 없는 곳
고향은 그런 곳인가

봄노래

눈이 녹으며 산과 들
깊은 생각에 잠긴다

희미한 추억을 더듬는 들판
잡초들은 제 키를 되찾고
기억력이 좋은 미루나무
가지마다 꼭 같은 자리에
조심스레 나뭇잎들 돋아난다

진달래는 지난날 생각하며
얼굴 붉히고
산골짝에 풍기는 암내
시냇물은 싱싱한 욕정 흘리고
피임한 여자들은 예쁜
죽음의 아이를 낳는다

이윽고 깊은 생각에서 깨어나
산과 들 조금씩 자라고
남자들은 새로운 아파트를 지으며

고향에서 그만큼 멀어진다

저녁 길

날아오를 생각을 버린 지는 이미 오래다

요즘은 달리려 하지도 않는다
걷기조차 싫어 타려고 한다
(우리는 주로 버스나 전철에 실려 다니는데)
타면 모두들 앉으려 한다
앉아서 졸며 기대려 한다
피곤해서가 아니라
돈벌이가 끝날 때마다
머리는 퇴화하고
온몸엔 비늘이 돋고
피는 식어버리기 때문이다
그래도 눈을 반쯤 감은 채
익숙한 발걸음은 집으로 간다

우리는 매일 저녁 집으로 돌아간다
파충류처럼 늪으로 돌아간다

물의 소리

해초처럼 흐느적거리는
산과 들과 나무와 하늘 사이로
보라 황막한 땅 위의 풍경을

안타깝게 날개를 퍼덕이며 새들은 날고
네 발로 거북하게 짐승들은 달리고
바퀴를 굴려 가는 자동차와
바람 속을 떠다니는 비행기들
사람들은 위태롭게 두 발로 걸으며

끝없는 갈증을 술로 빚어 마시고
물을 모방하여 신(神)을 만들고
석유를 파내어 물을 배반하고
낮에는 살을 움직여 얼굴을 웃고
밤에는 둘씩 만나 어색한 장난을 하고
더럽혀진 몸뚱이를 다시 물로 씻는다

버림받은 금속(金屬)의 종족들이여
물기 없는 시간의 불을 피우고

썩어가는 손끝에 침 발라 돈을 세며
평생을 그 곁에서 불충족하라
더욱 많은 죽음을 괴로워하라
물의 축복은 베풀어지지 않는다

물오리

수직이 아니면서도
가장 곧게 자라는 나무
전기를 일으키지 않는
그 위안의 나뭇가지에
결코 내려앉지 않는
거룩한 새
오리는 눕거나 일어서지 않는다
겨울 강물 위를 부드럽게 떠돌며
단순한 몸짓 되풀이할 뿐
복잡한 아무 관습도 익히지 않는다
눈 덮인 얼음 속에 가끔
물의 발자국 남기고
지진이 나면 돌개바람 타고
하늘로 날아오르며
죽음의 땅 위에 화석이 될
마지막 그림자 던지는
완벽한 새
오리가 날아왔다가
되돌아가는 곳

그곳으로부터 나는 너무 멀어졌다
기차를 타고 대륙을 횡단하고
비행기로 바다를 건너
나는 아무래도 너무 멀리 와
이제는 아득한 지평을 넘어
되돌아갈 수 없게 되었다
계절이 바뀔 때마다
무심하게 날개 치며 돌아가는
오리는 얼마나 행복하랴
그곳으로 돌아가기 위해 나는
애써 배운 모든 언어를
괴롭게 신음하며 잊어야 한다
얻을 때보다 훨씬 힘들게
모든 지식을 하나씩 잃어야 한다
일어서도 또 일어서고 싶고
누워도 또 눕고 싶은
안타까운 몸부림도 헛되이
마침내는 혼자서 떠나야 할 것이다
날다가 죽어 털썩 떨어지는

오리는 얼마나 부러운 삶이랴
살아서 돌아갈 수 없는 곳
그 먼 곳을 유유히 넘나드는
축복받은 새
나는 때때로 오리가 되고 싶다

오늘

교회당의 차임벨 소리 우렁차게 울리면
나는 일어나 창문을 열고
상쾌하게 심호흡한다
새벽의 대기 속에 풍겨 오는
배기가스의 향긋한 납 냄새
건강은 어차피 하느님의 섭리인 것을
수은처럼 하얀 콩나물국에 밥 말아 먹고
만원 버스에 실려 직장으로 가며
나는 언제나 오늘만을 사랑한다
오늘은 주택은행에 월부금을 내는 날

아침 아홉 시 계기들의
따가운 시선을 느끼며 나는
매일 자라는 쇠 앞에 선다
문득 쇠 속에서 들려오는 귀뚜라미 소리
개구리 우는 소리
결코 잘못을 모르는 쇠가
나를 때때로 죄인으로 만든다
안전제일로 살아온 사십 평생을

어떻게 뉘우쳐야 할까
참회한다 나는 기도해야 한다

핏발 선 눈에 두툼한 안경을 쓰고
오늘도 나는 쓰레기통을 뒤진다
담배꽁초와 구겨진 낙서
찌그러진 깡통 속에 들어 있을
음모를 찾기 위해
온종일 쓰레기통을 샅샅이 뒤진다
마침내 아무것도 발견하지 못하면
나의 마음은 더욱 불안해진다
음모가 없는 세상은 믿을 수 없는 것

연리 10%에 상환 기간 15년
원가 계산에 골몰하며 하루를 보내고
저녁때 나는 친구들을 만난다
오늘을 이기고 진 영리한 사내들이 모여
취하지 않기 위해 술 마시고
말하지 않기 위해 떠들어대고

통금 시간에 쫓겨 집으로 돌아오는 길
골목길 전봇대 옆에 먹은 것을 토하고
잠깐 소주처럼 맑은 눈물 흘리며
뿌옇게 빛나는 별을 바라본다

나무 없는 마을에 텔레비전이 끝나면
우리들은 저마다 개들에게 집을 맡기고
씩씩하게 코를 골며 남의 잠을 잔다
안타까운 몸짓으로 낮의 꿈을 꾼다
──성난 표정이라도 좋다
노예들아 너희들의 얼굴을 보여다오
욕설이라도 좋다
노예들아 너희들의 목소리를 들려다오
그리고 한 번만이라도 생각해봐라
너희들의 주인이 누구인가를──
꿈속에 들려오는 귀에 익은 소리를
우리들은 잠에서 깰 때마다 잊는다

도다리를 먹으며

일찍부터 우리는 믿어왔다
우리가 하느님과 비슷하거나
하느님이 우리를 닮았으리라고

말하고 싶은 입과 가리고 싶은 성기의
왼쪽과 오른쪽 또는 오른쪽과 왼쪽에
눈과 귀와 팔과 다리를 하나씩 나누어 가진
우리는 언제나 왼쪽과 오른쪽을 견주어
저울과 바퀴를 만들고 벽을 쌓았다

나누지 않고는 견딜 수 없어
자유롭게 널린 산과 들과 바다를
오른쪽과 왼쪽으로 나누고

우리의 몸과 똑같은 모양으로
인형과 훈장과 무기를 만들고
우리의 머리를 흉내 내어
교회와 관청과 학교를 세웠다
마침내 소리와 빛과 별까지도

왼쪽과 오른쪽으로 나누고

이제는 우리의 머리와 몸을 나누는 수밖에 없어
생선회를 안주 삼아 술을 마신다
우리의 모습이 너무나 낯설어
온몸을 푸들푸들 떨고 있는
도다리의 몸뚱이를 산 채로 뜯어 먹으며
묘하게도 두 눈이 오른쪽에 몰려 붙었다고 웃지만

아직도 우리는 모르고 있다
오른쪽과 왼쪽 또는 왼쪽과 오른쪽으로
결코 나눌 수 없는
도다리가 도대체 무엇을 닮았는지를

희미한 옛사랑의 그림자

4·19가 나던 해 세밑
우리는 오후 다섯 시에 만나
반갑게 악수를 나누고
불도 없이 차가운 방에 앉아
하얀 입김 뿜으며
열띤 토론을 벌였다
어리석게도 우리는 무엇인가를
정치와는 전혀 관계없는 무엇인가를
위해서 살리라 믿었던 것이다
결론 없는 모임을 끝낸 밤
혜화동 로터리에서 대포를 마시며
사랑과 아르바이트와 병역 문제 때문에
우리는 때 묻지 않은 고민을 했고
아무도 귀 기울이지 않는 노래를
누구도 흉내 낼 수 없는 노래를
저마다 목청껏 불렀다
돈을 받지 않고 부르는 노래는
겨울밤 하늘로 올라가
별똥별이 되어 떨어졌다

그로부터 18년 오랜만에
우리는 모두 무엇인가 되어
혁명이 두려운 기성세대가 되어
넥타이를 매고 다시 모였다
회비를 만 원씩 걷고
처자식들의 안부를 나누고
월급이 얼마인가 서로 물었다
치솟는 물가를 걱정하며
즐겁게 세상을 개탄하고
익숙하게 목소리를 낮추어
떠도는 이야기를 주고받았다
모두가 살기 위해 살고 있었다
아무도 이젠 노래를 부르지 않았다
적잖은 술과 비싼 안주를 남긴 채
우리는 달라진 전화번호를 적고 헤어졌다
몇이서는 포커를 하러 갔고
몇이서는 춤을 추러 갔고
몇이서는 허전하게 동숭동 길을 걸었다

돌돌 말은 달력을 소중하게 옆에 끼고
오랜 방황 끝에 되돌아온 곳
우리의 옛사랑이 피 흘린 곳에
낯선 건물들 수상하게 들어섰고
플라타너스 가로수들은 여전히 제자리에 서서
아직도 남아 있는 몇 개의 마른 잎 흔들며
우리의 고개를 떨구게 했다
부끄럽지 않은가
부끄럽지 않은가
바람의 속삭임 귓전으로 흘리며
우리는 짐짓 중년기의 건강을 이야기했고
또 한 발짝 깊숙이 늪으로 발을 옮겼다

안개의 나라

언제나 안개가 짙은
안개의 나라에는
아무 일도 일어나지 않는다
어떤 일이 일어나도
안개 때문에
아무것도 보이지 않으므로
안개 속에 사노라면
안개에 익숙해져
아무것도 보려고 하지 않는다
안개의 나라에서는 그러므로
보려고 하지 말고
들어야 한다
듣지 않으면 살 수 없으므로
귀는 자꾸 커진다
하얀 안개의 귀를 가진
토끼 같은 사람들이
안개의 나라에 산다

대화 연습

(안개의 나라에서 나는 많은 사람들과 친하게 지내고
싶었다. 그리고 물건을 살 때는 값을 깎아서 싸게 사고 싶
었다. 그러나 나의 말은 전혀 통하지 않았다. 다음과 같은
대화의 기본 문형을 몰랐기 때문이었다.)

아니다
그렇지 않다
나는 반대한다

네
그렇습니다
저는 찬성합니다

물론이다
너는 언제나 찬성해야 한다
나를 반대하는 것은 있을 수 없다
너의 사전에는 반대란 말이 존재하지 않고
나의 사전에는 찬성이란 말이 존재하지 않는다

그러므로 우리는 같은 말을 쓰지만

우리의 사전은 서로 다릅니다

앞으로 더욱 주의하여

반대하시기 전에 찬성하도록 하겠습니다

유령

쉿!

어둠 속을 달려가는
저 새카만 자동차를 보라
담배를 피우며 골목으로 사라지는
저 평복의 사나이를 보라
황폐한 땅 위에 번지는 기름 자국을
거리마다 널린 쇳조각들을 보라

유령의 모습을 보지 못하는
당신들은 장님이다

숨 쉴 때마다 가슴으로 스며들어
마침내 우리를 질식시켜버릴 듯
흩날리는 먼지와 시멘트 가루 속에

유령의 소리를 듣지 못하는
당신들은 귀머거리다

어느 깊은 물속엔가 가라앉아 썩고 있는

저 시체들의 소리를 들어보라

굴뚝마다 피어올라 하늘을 가득 채우는

저 부서지는 몸뚱이의 소리를 들어보라

꽉 다문 입에서 끝내 나오지 않는 신음 소리를

나무 한 그루 없는 모래벌판에 울려오는 저 구령 소리를

들어보라

쉿!

생각의 사이

시인은 오로지 시만을 생각하고
정치가는 오로지 정치만을 생각하고
경제인은 오로지 경제만을 생각하고
근로자는 오로지 노동만을 생각하고
법관은 오로지 법만을 생각하고
군인은 오로지 전쟁만을 생각하고
기사는 오로지 공장만을 생각하고
농민은 오로지 농사만을 생각하고
관리는 오로지 관청만을 생각하고
학자는 오로지 학문만을 생각한다면

이 세상이 낙원이 될 것 같지만 사실은

시와 정치의 사이
정치와 경제의 사이
경제와 노동의 사이
노동과 법의 사이
법과 전쟁의 사이
전쟁과 공장의 사이

공장과 농사의 사이
농사와 관청의 사이
관청과 학문의 사이를

생각하는 사람이 없으면 다만

휴지와
권력과
돈과
착취와
형무소와
폐허와
공해와
농약과
억압과
통계가

남을 뿐이다

세시기(歲時記)

봄이 오면 그들은 깨어날 것이다
기지개를 켜며 일어나려 할 것이다
일어나지 못하게 하라
아침의 잠자리가 얼마나 달콤한지
그들로 하여금 알도록 하라

바위가 무질서하게 널려진 산은
보기 좋게 정리하고
재목으로 쓸 나무만 골라 심어
똑바로 자라게 하라

아카시아 숲을 지나며 가시에 찔려
상처마다 꽃내음을 지닌
초여름 바람으로 그들을 즐겁게 하라

한 달 내내 가문 6월의 햇빛으로
그들을 목마르게 하고
한 달 내내 쏟아지는 칠월의 장맛비로
그들을 물에 잠기게 하라

꾸불꾸불 굽이치는 강물은
똑바로 흐르게 하고
제방 위의 아파트에서 태어난 아이에게는
이름 대신 번호를 붙이게 하라

산봉우리를 뒤덮으며
마을 뒤 소나무 숲으로 내려오는
늦가을 안개구름으로 그들을 겁나게 하라

겨울이 되면 그들은 추위할 것이다
온몸을 떨며 불가로 다가오려 할 것이다
다가오지 못하게 하라
겨울이 가면 봄이 온다 말하고
그들로 하여금 겨울잠이 들도록 하라

작은 사내들

작아진다

자꾸만 작아진다

성장을 멈추기 전에 그들은 벌써 작아지기 시작했다

첫사랑을 알기 전에 이미 전쟁을 헤아리며 작아지기 시
작했다

그들은 나이를 먹을수록 자꾸만 작아진다

하품을 하다가 뚝 그치며 작아지고

끔찍한 악몽에 몸서리치며 작아지고

노크 소리가 날 때마다 깜짝 놀라 작아지고

푸른 신호등 앞에서도 주춤하다 작아진다

그들은 어서 빨리 늙지 않음을 한탄하며 작아진다

얼굴 가리고 신문을 보며 세상이 너무나 평온하여 작아
진다

넥타이를 매고 보기 좋게 일렬로 서서 작아지고

모두가 장사를 해 돈 벌 생각을 하며 작아지고

들리지 않는 명령에 귀 기울이며 작아지고

제복처럼 같은 말을 되풀이하며 작아지고

보이지 않는 적과 싸우며 작아지고

수많은 모임을 갖고 박수를 치며 작아지고

권력의 점심을 얻어먹고 이를 쑤시며 작아지고
배가 나와서 열심히 골프를 치며 작아지고
칵테일파티에 가서 양주를 마시며 작아지고
이제는 너무 커진 아내를 안으며 작아진다

작아졌다
그들은 마침내 작아졌다
마당에서 추녀 끝으로 날으는 눈치 빠른 참새보다도 작
아졌다
그들은 이제 마스크를 쓴 채 담배를 피울 줄 알고
우습지 않을 때 가장 크게 웃을 줄 알고
슬프지 않은 일도 진지하게 오랫동안 슬퍼할 줄 알고
기쁜 일은 깊숙이 숨겨둘 줄 알고
모든 분노를 적절하게 계산할 줄 알고
속마음을 이야기 않고 서로들 성난 눈초리로 바라볼 줄
알고
아무도 묻지 않는 의문은 생각하지 않을 줄 알고
미결감을 지날 때마다 자신의 다행함을 느낄 줄 알고
비가 오면 제각기 우산을 받고 골목길로 걸을 줄 알고

들판에서 춤추는 대신 술집에서 가성으로 노래 부를 줄
알고
　사랑할 때도 비경제적인 기다란 애무를 절약할 줄 안다

　그렇다
　작아졌다
　그들은 충분히 작아졌다
　성명과 직업과 연령만 남고
　그들은 이제 너무 작아져 보이지 않는다

　그러므로 더 이상 작아질 수 없다

어린 게의 죽음

어미를 따라 잡힌
어린 게 한 마리

큰 게들이 새끼줄에 묶여
거품을 뿜으며 헛발질할 때
게 장수의 구력을 빠져나와
옆으로 옆으로 아스팔트를 기어간다
개펄에서 숨바꼭질하던 시절
바다의 자유는 어디 있을까
눈을 세워 사방을 두리번거리다
달려오는 군용 트럭에 깔려
길바닥에 터져 죽는다

먼지 속에 썩어가는 어린 게의 시체
아무도 보지 않는 찬란한 빛

상행(上行)

가을 연기 자욱한 저녁 들판으로
상행 열차를 타고 평택을 지나갈 때
흔들리는 차창에서 너는
문득 낯선 얼굴을 발견할지도 모른다
그것이 너의 모습이라고 생각지 말아다오
오징어를 씹으며 화투판을 벌이는
낯익은 얼굴들이 네 곁에 있지 않으냐
황혼 속에 고함치는 원색의 지붕들과
잠자리처럼 파들거리는 TV 안테나들
흥미 있는 주간지를 보며
고개를 끄덕여다오
농약으로 질식한 풀벌레의 울음 같은
심야방송이 잠든 뒤의 전파 소리 같은
듣기 힘든 소리에 귀 기울이지 말아다오
확성기마다 울려나오는 힘찬 노래와
고속도로를 달려가는 자동차 소리는 얼마나 경쾌하냐
옛부터 인생은 여행에 비유되었으니
맥주나 콜라를 마시며
즐거운 여행을 해다오

되도록 생각을 하지 말아다오
놀라울 때는 다만
"아!"라고 말해다오
보다 긴 말을 하고 싶으면 침묵해다오
침묵이 어색할 때는
오랫동안 가문 날씨에 관하여
아르헨티나의 축구 경기에 관하여
성장하는 GNP와 증권 시세에 관하여
이야기해다오
너를 위하여
그리고 나를 위하여

소액주주의 기도

전지전능하신 하느님!

이미 알고 계시겠지만 얼마 전에 고층 건물이 하나 쓰러졌습니다.

강철과 시멘트로 지은 79층, 그 튼튼한 건물이 그처럼 갑자기 무너지리라고는 아무도 생각지 못했습니다. 저도 물론 예외는 아니었습니다. 어느 재벌의 소유인지는 몰라도 도심에 우뚝 솟은 그 빌딩은 멀리 떨어진 우리 집에서 바라보아도 저것이 국력이거니 마음 든든했고, 언젠가 나도 주머니 사정이 허락하면 저 꼭대기 스카이라운지에 올라가 오렌지 주스라도 한잔 마셔보리라 생각했었습니다. 그런데 어느 날 갑자기 이 고층 건물이 쓰러진 것입니다.

더구나 그 건물이 우리 집 쪽을 향해 쓰러진 덕택으로 그 옥상에 설치되었던 용량 3,000톤짜리 냉각탑이 멀리 날아와 우리 집에 떨어지며 순식간에 저의 가족과 재산을 앗아가고 말았습니다. 너무나 놀라운 일이라 저는 슬퍼할 겨를도 없었습니다. 믿을 수 없는 이 사실 앞에 저는 다만 갈피를 잡을 수가 없을 따름입니다.

아시다시피 저는 선량한 시민이자 모범적 가장으로 평생을 살아왔습니다.

저의 이력서 및 신원 조회 서류를 참조하면 아시겠지만 저는 여태껏 한 번도 이 사회의 법과 질서를 어긴 적이 없습니다. 어려서부터 부모님께 효도했고, 스승을 존경했고, 국방의 의무를 다했으며, 처자식을 사랑했고, 세금을 언제나 기일 내에 납부했고, 신앙생활을 돈독히 했으며, 여유 있는 대로 저축을 했고, 우리나라에서도 석유가 쏟아져 나오기를 남달리 속으로 기원했습니다. 담배도 피우지 않고, 술도 마시지 않고, 여자를 가까이하지 않으며, 요즘 와서는 커피까지 끊었습니다. 물론 거액의 방위성금을 낼 처지는 못 되지만 그래도 육교를 오르내릴 때 계단에 엎드린 거지에게 10원짜리 동전 한 개를 던지지 않고 지나간 적은 없습니다.

그런데도 졸지에 가족과 재산을 잃은 저는 천벌을 받았음에 틀림없습니다. 하지만 저는 아직도 알 수가 없습니다. 제가 과연 무슨 천벌을 받을 죄를 지었습니까.

하느님, 저에게 이성을 되돌려주시어 저로 하여금 올바르게 생각할 힘을 주옵소서. 잃어버린 저의 가족과 재산을 정당하게 슬퍼할 능력을 저에게 주옵소서. 그리고 계속하여 약속된 미래, 낙원의 땅을 믿게 하여주옵소서.(아멘)

늦깎이

우리는 우연히 형제로 태어나
병정놀이를 좋아하던 형은
훈장을 많이 탄 장군이 되었고
그림 그리기를 좋아하던 나는
돌멩이에 페인트칠하는 사병이 되었다
인생은 때로 그런 것이지
하지만 앞으로 달라질 거야
제대할 날짜를 손꼽아 기다리며
나는 그렇게 생각했었다
우리는 또한 남매로 태어나
인형처럼 똑똑하던 누나는
돈 많은 회장댁 사모님이 되었고
울기를 잘하던 나는
안경을 쓴 근로자가 되었다
인생은 참으로 알 수 없는 것이지
하지만 누구나 자기 길을 가는 거니까
오지 않는 버스를 기다리며
나는 그렇게 생각했다
우리는 결국 동포로 태어나

더러는 우리를 다스리는 관리가 되었고
개처럼 충실한 월급쟁이가 되었고
꽁치를 사 들고 가는 아주머니가 되었고
더러는 우리 손으로 지은 감옥에 갇혔다
언제나 달라지며 그대로 있는
역사는 어차피 이긴 사람의 편
그러나 진 쪽의 수효는 항상 더 많았지
이제 처음부터 다시 시작할 수는 없지만
이대로 끝내서는 안 되겠다고
나는 요즘서야 생각한다

아니다 그렇지 않다

(1983)

서울 꿩

서울특별시 서대문구
한 모퉁이에
섬처럼 외롭게 남겨진
개발제한구역
홍제동 뒷산에는
꿩들이 산다

가을날 아침이면
장끼가 우짖고
까투리는 저마다
꿩병아리를 데리고
언덕길
쓰레기터에 내려와
콩나물 대가리나 멸치 꽁다리를
주워 먹는다

지하철 공사로 혼잡한
아스팔트 길을 건너
바로 맞은쪽

인왕산이나
안산으로
날아갈 수 없어
이 삭막한 돌산에
갇혀버린 꿩들은
서울 시민들처럼
갑갑하게
시내에서 산다

조개의 깊이

결혼을 한 뒤 그녀는 한 번도 자기의 첫사랑을 고백하지 않았다. 그녀의 남편도 물론 자기의 비밀을 말해본 적이 없다. 그렇잖아도 삶은 살아갈수록 커다란 환멸에 지나지 않았다. 환멸을 짐짓 감추기 위하여 그들은 헤아릴 수 없이 많은 말을 했지만, 끝내 하지 않은 말도 있었다.

환멸은 납 가루처럼 몸속에 쌓이고, 하지 못한 말은 가슴속에서 암세포로 굳어졌다.

환멸은 어쩔 수 없어도, 말은 언제나 하고 싶었다. 누구에겐가 마음속을 모두 털어놓고 싶었다. 아무도 기억해주지 않는다면, 마음 놓고 긴 이야기를 할 수도 있을 것 같았다.

때로는 다른 사람이 비슷한 말을 해주는 경우도 있었다. 책을 읽다가 그런 구절이 발견되면 반가워서 밑줄을 긋기도 했고, 말보다 더 분명한 음악에 귀를 기울이기도 했다. 그러나 끝까지 자기의 입은 조개처럼 다물고 있었다.

오랜 세월을 끝없는 환멸 속에서 살다가 끝끝내 자기의 비밀을 간직한 채 그들은 죽었다. 그들이 침묵한 만큼 역사는 가려지고 진리는 숨겨진 셈이다. 그리하여 오늘도 우리는 그들의 삶을 되풀이하면서 그 감춰진 깊이를 가늠해 보고, 이 세상은 한 번쯤 살아볼 가치가 있다고 믿는다.

오래된 물음

누가 그것을 모르랴

시간이 흐르면

꽃은 시들고

나뭇잎은 떨어지고

짐승처럼 늙어서

우리도 언젠가 죽는다

땅으로 돌아가고

하늘로 사라진다

그래도 살아갈수록 변함없는

세상은 오래된 물음으로

우리의 졸음을 깨우는구나

보아라

새롭고 놀랍고 아름답지 않으냐

쓰레기터의 라일락이 해마다

골목길 가득히 뿜어내는

깊은 향기

볼품없는 밤송이 선인장이

깨어진 화분 한 귀퉁이에서

오랜 밤을 뒤척이다가 피워낸

밝은 꽃 한 송이

연못 속 시커먼 진흙에서 솟아오른

연꽃의 환한 모습 그리고

인간의 어두운 자궁에서 태어난

아기의 고운 미소는 우리를

더욱 당황하게 만들지 않느냐

맨발로 땅을 디딜까 봐

우리는 아기들에게 억지로

신발을 신기고

손에 흙이 묻으면

더럽다고 털어준다

도대체 땅에 뿌리박지 않고

흙도 몸에 묻히지 않고

뛰놀며 자라는

아이들의 팽팽한 마음

튀어오르는 몸

그 샘솟는 힘은

어디서 오는 것이냐

인왕산

한때 그 가슴에 호랑이를 기르고
한양 도읍 오백 년 산자락에 펼치고
서울의 슬픔과 기쁨
소꿉장난처럼 내려다보던
장엄한 인왕산
아득한 할아버지의 고향
어린 날 올라가고 싶었던
헌칠한 미끄럼 바위의
믿음직한 얼굴 어디로 갔나
맑은 물 돌 사이로 흐르던
가파른 꼴짜기 소나무 숲에 오늘은
깨어진 유리 조각 비닐봉지 나뒹굴고
석유 냄새 풍기는 잿빛 아지랑이
큰 산을 가리고 아른거린다
그 억센 지맥도 이제는
동서남북 아스팔트 길로 모두 끊기고
8백만 인구의 한가운데 갇혀
머지않아 쓰러질 듯
가쁜 숨 헐떡인다

비쩍 마른 옆얼굴과
헐벗은 뒷모습 드러낸 채
종로구와 서대문구 변두리에 주저앉아
늘그막에 셋방살이를 하는
불쌍한 인왕산

수박

작년 여름에도 그랬었다
매연 자욱한 버스 정류장에서
테레사를 닮은 아주머니는 신문을 팔고
아이들은 고가도로 밑에서
러닝셔츠 바람으로 자전거를 탄다
생선 냄새 비릿한 서울시장 입구
딸기 아저씨 리어카에는
얼룩말이 낳은 알처럼
둥그런 수박들이 가득하다
골목길 막다른 집 홍제옥
과부댁은 자식들과 모여 앉아
커다란 수박을 단숨에 먹어 치우고
다시 헛헛한 땀을 흘리며
개장국을 끓이기 시작한다
작년 이 무렵에도 그랬었다
새로운 여름은 오지 않고
밤에도 깊어지지 않고
변함없는 여름만 가버린다
네모난 수박이 나올 때까지

돌아갈 집도 없이

여름은 언제나 이럴 것인가

반달곰에게

하늘 아래 새로운 것이 어디 있으랴
창조도 하나의 결과에 지나지 않는다
태초에 원인이 있었고
뒤이어 결과가 따랐다
그 결과는 다시 원인이 되고
그 원인은 다시 결과를 낳았다
오래된 원인과 결과가
새로운 원인과 결과로 뒤바뀌며
마침내 오늘에 이른 것이다
그렇다면 어제는 오늘의 원인이고
오늘은 어제의 결과이며
오늘은 내일의 원인이고
내일은 오늘의 결과임에 틀림없다
원인과 결과를 끊으려는 미련한 곰아
새로운 원인을 오래된 결과라 부르고
오래된 결과를 새로운 원인이라 부르며
원인 없는 결과를 만들려 하지 마라
때로는 죽음도 하나의 원인이 되는 법이다
그리고 하늘 아래 새로운 것은 없다

늙은 마르크스

여보게 젊은 친구
역사란 그런 것이 아니라네
자네가 생각하듯 그렇게
변증법적으로 발전하는 것이 아니라네
문학도 그런 것이 아니라네
자네가 생각하듯 그렇게
논리적으로 변모하는 것이 아니라네
자네는 젊어
아직은 몰라도 되네
그러나 역사와 문학이 바로
그런 것이 아니라고 깨달을 때쯤
자네는 고쳐 살 수
없는 나이에 이를지도 모르지
여보게 젊은 친구
머릿속의 이데올로기는
가슴속의 사랑이 될 수 없다네
우리의 주장이 서로 달라도
제각기 자기 몫을 살아가는 것은
얼마나 다행한 일인가

그리고 이렇게 한 번 살고
죽어버린다는 것은 또
얼마나 아쉬운 일인가
우리는 죽어 과거가 되어도
역사는 언제나 현재로 남고
얽히고설킨 그때의 삶을
문학은 정직하게 기록할 것이네
자기의 몸이 늙어가기 전에
여보게 젊은 친구
마음이 먼저 굳어지지 않도록
조심하게

바닷말

미역 냄새 싱싱하게
밀려오는 바닷가
해를 싣고 돌아온
고깃배 닻을 내리고
모래톱에 퍼지는 아침 햇살
밤새도록 바다를 건너와
파도는 섬세하게 부서지며
부드러운 몸짓 끝내고
강아지를 앞세운
어린이와 아낙네들
물을 차며 달려간다
갈매기는 끼룩대며 맴돌고
펄떡이는 도미와
꿈틀대는 장어들
해삼과 소라는 아직도
물속의 꿈에 젖어 있다
생선 값이 얼마냐고 묻지 말고
물가에 널린 바닷말을
우리의 몫으로 줍자

그리고 깊은 바다의 진주가

먼 도시로 팔려 가기 전에

되돌려 주자

어부들에게 살아 있는 고기를

고기들에게 숨 쉬는 바다를

어느 돌의 태어남

아무도 가본 적 없는
깊은 산골짜기에도
돌이 있을까
아득한 옛날부터
홀로 있는 돌을 찾아
산으로 갔다

길도 없이 가파른 비탈
늙은 소나무 밑에
돌이 있었다
이끼가 두둑이 덮인
이 돌은 도대체 얼마나
오랫동안
여기에
있었을까

2천 년일까 2만 년일까 2억 년일까

아니다

그렇지 않다
지금까지 아무도
본 적이 없다면 이 돌은
지금부터
여기에
있다

내가 처음 본 순간
이 돌은 비로소
태어난 것이다

450815의 행방

　오늘은 광복절, 공휴일이자 토요일, 유달리 더운 올여름의 마지막 연휴입니다. 우리들은 다투어 도시를 떠나 물가로 달려가거나 산에 올라가 즐겁게 하루를 보낼 것입니다.
　당신과 함께 잊혀진 그날은 언제던가요.

　힘차게 솟아오르는 아침 해를 등지고 당신은 서쪽으로 먼 길을 떠났습니다. 우람한 그림자는 거인처럼 앞장서 당신을 인도했지요.
　당신은 부지런히 걷고 숨 가쁘게 뛰었습니다.
　한낮의 고개 위에 그림자를 밟고 서서 당신은 자랑스럽게 땀을 씻었지요. 정상에서 모든 시간이 멈출 수 있다면 우리들은 당신과 헤어지지 않았을 것입니다.
　서녘으로 비껴가는 내리막길에 어느새 하나둘 낙엽이 지고, 당신을 바짝 뒤쫓던 그림자도 힘을 잃고 늘어져 발걸음을 무겁게 했습니다.
　마침내 눈 덮인 들판의 저녁노을이 몸을 적실 때, 그림자는 지쳐서 당신을 떠나버리고 당신은 혼자서 어둠의 나라로 들어섰습니다. 눈부신 어둠 속에 당신은 비로소 걸음을 멈춘 것입니다.

산비둘기가 가끔 솔밭에서 울고 까치들이 내려앉아 깃털을 다듬는 무덤 곁에 당신은 온종일 무료하게 그림자도 없이 앉아 있었지요.

때로는 빛바랜 혼령이 되어 박쥐가 날아다니는 꿈속에 나를 찾아오기도 했고.

그날 갑자기 당신은 우리 집 마당으로 들어섰습니다. 낯익은 허리띠를 매고, 조그만 아기가 되어 조그만 그림자를 이끌고, 해맑은 웃음을 지으며 내 앞에 나타났습니다.

앞서간 당신은 누구였습니까. 이제 나를 뒤따라오는 당신은 누구입니까. 그리고 오늘은 언제인가요.

이대(二代)

관리들에게도
관복을 입히던 시절
중문 밖 행랑채에는
강 서방 내외가 살았다
어멈은 물을 긴고
아범은 인력거를 끌었다
주인집 일을 거들지만
밥은 따로 해 먹었다

학생들의 교복도
사라진 오늘
운전기사 강 씨네는
차고에 딸린 두 칸짜리
연탄방에서 산다
마누라는 안집의 빨래를 해주지만
밥은 따로 해 먹는다
미스터 강은 메르세데스를 끌고

4월의 가로수

머리는 이미 오래전에 잘렸다
전깃줄에 닿지 않도록
올해는 팔다리까지 잘려
봄바람 불어도 움직일 수 없고
토르소처럼 몸통만 남아
숨 막히게 답답하다
라일락 향기 짙어지면 지금도
그날의 기억 되살아나는데
늘어진 가지들 모두 잘린 채
줄지어 늘어서 있는
길가의 플라타너스
새잎조차 피어날 수 없어
안타깝게 몸부림치다가
울음조차 터뜨릴 수 없어
몸통으로 잎이 돋는다

5월의 저녁

신록의 바람 타고
우울한 소식
어느 집에선가 들려오는
서투른 피아노 소리

바크하우스는 벌써 죽었고
루빈슈타인도 이미 늙었는데
어른들의 절망 아랑곳없이
바이에르 상권을 시작하는 아이들

신문지에 싸서 버릴 수 없는
희망 때문에
평온한 거리마다
부끄럽게 나리는 어둠

쓰레기 치우는 사람들

당신들은 우리를 전혀 모른다
쓰레기 치우고 받은 돈으로
눈 오는 날은 소주 한잔 걸치고
적금 들어 3년 뒤
리어카 한 대 사서
엿장수나 고물 장수 차리는 줄 알지만
천만의 말씀이다
오래된 잡지나 헌 신문지
버리는 빈 병이나 쇠토막까지도
몇 푼의 강냉이로 바꿔 가고
저승의 골목길 지키고 서서
송장의 금이빨 노리는
그들과 우리는 전혀 다르다
세상의 모든 욕망 끝나버린 곳
돈이 죽어버린 쓰레기터에서
우리는 연탄재를 흙으로 돌려보낸다
주인 없는 신발짝과 피 묻은 넝마
썩은 생선 가시와 찢어진 비닐 조각들
모두가 정답게 함께 어울려

바람에 흩날리고 비에 젖으며
고향으로 떠나가는 쓰레기터
이승의 마지막 벼랑에서
역겨운 땅 위의 냄새 모닥불로 태우는
우리는 그들과 전혀 다른다
엿장수나 고물 장수 가위 소리에
한가한 봄날의 권태를 듣고
되도록 쓰레기터를 멀리 피하여
은행으로 가는
교회로 가는
당신들은 우리를 전혀 모른다

목발이 김 씨

지하 5층
지상 30층
연건평 35,000평
서울빌딩 기초 공사 때
김 씨는 막일을 했다
현기증 나는 비계를 오르내리며
자갈을 져 나르고
미장을 돕고
타일을 붙이고
창틀을 달았다
서울빌딩 주춧돌 밑에는
김 씨의 고된 인생이 3년쯤
깔려 있고
하늘로 꼬여 올라간
아찔한 비상계단 어디엔가
김 씨의 잃어버린 왼쪽 다리
걸려 있다

안전모를 착용한 덕분에

그래도 목숨은 건져

반년 만에 김 씨가 목발 짚고

병원을 나왔을 때

우뚝 솟은 서울빌딩은

장안의 명물이 되었다

없는 것 없는 백화점과

잠을 자기에는 너무 아까운 호텔

사우나탕과 레스토랑과 금융회사 사무실들

어디서나 하얀 남자들이

재빠르게 계산기를 두드리고

암나사처럼 생긴 여자들이

껌을 짝짝 씹으며

지난밤을 생각하고

시간도 돈으로 팔고 사는

그곳은 살아 있는 TV 화면이었다

발을 헛딛고

추락했던 그 자리

13층 비상계단 입구는

어떻게 마무리되었는지

오직 그것이 보고 싶어 김 씨는

다리를 절룩이며

옛날의 일터를 찾아갔다

용접공 이 씨를 만나면

반가워 낮술 한잔

꺾을지도 모른다

그러나 서울빌딩 현관 앞에서

넥타이를 맨 수위가

그를 가로막았다

일 없는 사람은 들어갈 수 없다고

쓰레기 수거하는 뒷문에서도

험상궂은 문지기가 길을 막았다

김 씨는 돌아서서

어디로 가나

만나고 싶은

모두가 모르는 사람들이다
그러나 이상하게도 낯익은 얼굴들이다
내가 모르는 낯익은 사람들이 너무 많구나
우리가 처음 만난 곳은 어디였던가
병아리 떼 모이를 쪼던 유치원 마당이었던가
솜사탕을 사먹던 시골 장터였던가
아카시아 꽃 한창 핀 교정의 벤치였던가
불볕 아래 앉아 버티던 봉제 공장 옥상이었던가
눈물 흘리며 짐승처럼 쫓기던 봄날의 광장이었던가
술 내기 바둑을 두던 숙직실 골방이었던가
간첩을 뒤쫓으며 헐떡이던 산마루였던가
친구를 기다리던 새벽의 구치소 앞이었던가
두부 장수 지나가던 골목길 여관방이었던가
줄담배를 피우던 산부인과 복도였던가
마늘을 싣고 도부 치던 아파트촌이었던가
부가가치세 신고를 하던 세무서였던가
민방위 교육을 받던 변두리 극장이었던가
흰 봉투를 건네주던 다방의 구석 자리였던가
비행기를 갈아타던 어느 공항 대합실이었던가

고인을 추모하며 밤새우던 초상집이었던가—
아니다
그렇지 않다
모두가 거짓된 기억 헛된 착각이다
우리는 부딪쳤을 뿐 한 번도 만나본 적이 없다
모두가 낯익은 얼굴들 모르는 사람들이다
내가 아는 낯선 사람들이 너무 적구나

야바위

동전은 다섯 개뿐
던지면
결과는 뻔하다
앞
아니면
뒤

그래도 속임수로
섞고
바꾸고
던지고
받고

순열과 조합 다 해봐도
달라질 수가 없어
돈을 대면
눈 깜짝할 사이에
물주가 먹어버린다

눈을 비비고
다시 보아도
동전은 다섯 개뿐
앞
아니면
뒤

달라진 것은 없다
누가 돈을 먹는가
그것밖에는

희망

희망이란 말도
엄격히 말하자면
외래어일까
비를 맞으며
밤중에 찾아온 친구와
절망의 이야기를 나누며
새삼 희망을 생각했다
절망한 사람을 위하여
희망은 있는 것이라고
그는 벤야민을 인용했고
나는 절망한다 그러므로
나에게는 희망이 있다고
데카르트를 흉내 냈다
그러나 절망한 나머지
스스로 목숨을 끊은 그 유태인의
말은 틀린 것인지도 모른다
희망은 결코 절망한
사람을 위해서가 아니라
희망을 잃지 않은

사람을 위해서 있기 때문이다
그렇다면 희망에 관하여
쫓기는 유태인처럼
밤새워 이야기하는 우리는
이미 절망한 것일까 아니면
아직도 희망을 잃지 않은 것일까
통금이 해제될 무렵
충혈된 두 눈을 절망으로 빛내며
그는 어둠 속으로 사라졌다
그렇다 절망의 시간에도
희망은 언제나 앞에 있는 것
어디선가 이리로 오는 것이 아니라
누군가 우리에게 주는 것이 아니라
싸워서 얻고 지켜야 할
희망은
절대로
외래어가 아니다

누군가

누군가 종로의 버스 정류장을 없애버렸다

멀리서 호각을 불며 누군가
우리의 뒤로 다가오고 있다
우리의 이야기를 엿듣고
우리의 사랑을 엿보고
우리의 깊은 잠을 빼앗아갔다
단란한 가정을 사창굴처럼 뒤지고
애써 가꾼 꽃밭을 짓밟아버렸다
누군가 우리의 맑은 하늘을 더럽히고
우리의 푸른 마을에 철조망을 치고
우리의 넓은 바다에 폐유를 쏟아 버렸다
우리의 진지한 모임을 방해하고
우리의 힘찬 발걸음을 가로막고
우리의 선량한 이웃을 잡아가고
누군가 우리의 등에 총을 겨누고 있다
눈을 가리고
입을 막고
목을 조이고

핏줄에 바람을 넣고
누군가 우리의 머릿속으로 들어와
큰골에 칼을 꽂고
씌어지지 않은 글을 읽고 있다
멀리서 북을 치며 누군가
우리를 막다른 골목으로 몰아넣고 있다

우리가 초대하지 않은 이 사람은 누군가

물신 소묘

그는 보통 사람이 아니다
결코 평범한 사람이 아니다
보통 사람보다 훨씬 너그럽고
평범한 사람보다 훨씬 잔인한 그는
괴로움을 참으며 짐짓
눈물을 감추는 연약한 사람이 아니다
달을 바라보며 지난날을 그리워하는
그런 사람이 아니다
가슴 조이는 관중들 앞에서
골키퍼처럼 날쌔게 볼을 잡아낸
그는 온종일 일하고
저녁때 퇴근하는 사람이 아니다
교통순경이 무서워 차선을 지키는
그런 사람이 아니다
쓸 만한 말들을 혼자서 골라 갖고
하얀 침묵의 항아리를 빚어낸 그는
말로 이야기하는 사람이 아니다
끝없이 밀려오는 파도를 바라보며
바다의 마음을 헤아리는

그런 사람이 아니다
믿을 수 있는 것은 오직 하나
어제의 나뿐이라 생각하며
새벽길을 달려가는 사람이 아니다
고개를 숙이고 말없이 따라가는
그런 사람이 아니다
거룩한 짐을 힘겹게 짊어지고
언제나 앞서가는 그는
결코 평범한 사람이 아니다
보통 사람이 아니다
한마디로 그는 사람이 아니다

태양력에 관한 견해

1년이 365일이라는 건
아무래도 너무 짧다
시작한 일을 계속하기엔
계속하던 일을 끝내기엔
아무래도 너무 짧다
내게 힘이 있다면
세월을 다스릴 힘이 있다면
오늘부터 당장 달력을 고쳐
3년에 한 번씩
새해가 오도록 하겠다

(새해를 맞이하여
한 사람은 위와 같이 생각했고
다른 사람들은 아래와 같이 생각했다)

1년이 365일이라는 건
아무래도 너무 길다
시작한 일을 계속하기엔
계속하던 일을 끝내기엔

아무래도 너무 길다
우리에게 뜻이 있다면
지구를 돌릴 뜻이 있다면
오늘부터 당장 힘을 합하여
1년에 세 번씩
새해가 오도록 할 수 있다
1년에 세 번씩
새봄이 오도록 할 수 있다

얼굴과 거울

울퉁불퉁한 거울을 들여다보면
눈이 턱 아래로 내려가고
코가 눈 위로 올라가고
귀가 머리 위로 뿔처럼 솟아오르고
드라큘라처럼 송곳니가 삐드러져 나온다
우리의 얼굴이 정말로 그렇게 생겼는가
아니면 이것은 거울이 잘못된 때문인가

눈이 턱 아래 붙어 있고
코가 눈 위에 달려 있고
귀가 머리 위에 뿔처럼 솟아 있고
송곳니가 삐드러져 나온 드라큘라가
울퉁불퉁한 거울을 들여다보면
아주 반듯한 사람의 모습이 된다
드라큘라의 얼굴이 정말로 그렇게 생겼는가
아니면 이것은 거울이 잘못된 때문인가

너무나도 보잘것없는 소원이지만
사람에겐 사람의 모습을

드라큘라에겐 드라큘라의 모습을

그대로 보여주는 거울을 갖고 싶다

잊혀진 친구들

늦잠에서 깨어나 목욕하고 마시는 향긋한 커피 맛을 그들도 잘 안다.

귀여운 꼬마들을 데리고 어린이대공원에서 즐거운 일요일을 보낸 적도 있다.

차가운 굴을 놓고 뜨거운 청주를 마시던 겨울 바닷가를 그들도 기억한다.

그러나 이제는 안부도 물을 수 없는 곳에 가 있는 사람들이 그들 가운데 많다.

어떤 친구는 용돈이 없어 담배를 끊었고, 어떤 친구는 홧김에 술만 더 늘었다.

섣불리 사업에 손을 댄 그는 전셋집까지 홀랑 날리고, 지난가을부터 강남의 어느 복덕방에 나간다고 한다. 바둑은 많이 늘었지만 먹고 살기가 어려운 모양이다.

머리를 깎고 절에 들어가 중이 되려고 했다가 간첩 혐의로 몰려 혼이 난 친구도 있다.

마누라가 선생 노릇을 하는 덕택에 아도르노를 번역하겠다고 집 속에 틀어박힌 그는 오랜만에 만나보니 맹꽁이처럼 배가 나왔다.

　구두닦이를 하는 것도 그렇지만, 길가에 포장마차를 차
리는 것도 보기와는 달리 아는 사람이 없으면 힘들단다.
　이발소를 냈다가 실패하고, 월부 책을 팔다가 때려치우
고, 택시를 몰다가 사고를 내고, 마지막으로 장의사를 개
업하겠다고 벼르던 그 친구는 초등학교 4학년짜리를 남겨
놓은 채 간암으로 죽고 말았다.

　세상은 이성을 잃고 너무나 오랫동안 그들을 잊었다.
　그리고 손끝에서 피 한 방울만 나도 파상풍균을 생각하
는 사람들이 남아서 신문에 난 아야톨라 호메이니의 사진
을 들여다보고 이란의 앞날을 걱정한다.

삼색기

안개의 나라에서는 모두들
관리가 되려고 했다
관리가 되어 흑색 제복을 입고
권력을 갖고자 했다
마침내 모두들 관리가 되어버리자
세금을 낼 시민이 없었다
하는 수 없이 그들은
당직이나 숙직 근무를 하듯
윤번제로 시민 노릇을 하기로 했다

안개의 나라에서는 모두들
상인이 되려고 했다
상인이 되어 황색 제복을 입고
돈을 벌고자 했다
마침내 모두들 상인이 되어버리자
물건을 사갈 고객이 없었다
하는 수 없이 그들은
조합장이나 번영회장을 뽑듯
고객을 선출하기로 했다

안개의 나라에서는 모두들

군인이 되려고 했다

군인이 되어 녹색 제복을 입고

나라를 지키고자 했다

마침내 모두들 군인이 되어버리자

그들이 지켜줄 민간인이 없었다

하는 수 없이 그들은

불침번이나 초병 근무를 서듯

병력을 차출하여 민간인으로 복무하게 했다

─뒤늦게 깨달은 일이지만 이것은 안개의 나라를 표상
하는 흑(黑) 황(黃) 녹(綠) 삼색기와 관련된 것이었다.

1981년 겨울

낮과 밤이 하나로
검은 땀 되어
숨 가쁘게 흘러내리는
지하 300미터
막장에서 갑자기
물줄기가 터졌다
쏟아져 나오는 죽탄
순식간에 갱도를 막아버린
시커먼 죽음
그 차가운 광물을
몸으로 밀어내며
하루 이틀 사흘
비상 갱에서 겨우 목숨을
건졌을 때 비로소
시간은 다시 흐르고
목숨은 거듭 태어났다

힘겹게 견뎌온 우리의 삶을
1분도 멈출 수 없는

시뻘건 목숨을

낙서처럼 지워버린 그것은

결코 기계의 잘못이 아니다

컴퓨터에 자료를 넣은

그들의 잘못도 아니고

그들에게 지시한

그 사람의 잘못도 아니다

그 사람이 받은 명령은

아득히 먼 곳에서 왔다

어딘가 너무 멀어

보이지 않는 그곳은

우리의 머릿속에

가슴속에

마음속에도 있다

눈 감고

귀 기울이면

가파른 산을 넘고

녹슨 철조망을 지나

우리를 찾아오는 바람 소리
육신을 잃고
휘파람으로 떠도는 말들이
허공을 할퀴며 달려들어
혀를 찌른다
거리마다 침묵의 구호들
시체처럼 널려 있고
상점마다 바겐세일의 깃발
만장처럼 펄럭이는데
자유를 자유라 부르며
사랑을 사랑이라 부르는
우리의 모국어는 어디 있는가

온종일 들려오던
호각 소리 멈추고
유리로 된 진열장이
모두 닫힌 밤
우리는 잠들지 않고
깨어 있었다

심장의 고동 헤아리며
앞으로 태어날 아이의
이름을 생각했다
동이 트면 또다시
어제의 옷을 입지만
이제는 쫓기며 뛰지 않겠다
안개 낀 새벽길을
천천히 걸으며
잊었던 말들을 되살리고
몸속에 퍼지는 암세포까지도
우리의 삶으로
받아들이겠다

아니다 그렇지 않다

굳어버린 껍질을 뚫고
따끔따끔 나뭇잎들 돋아나고
진달래꽃 피어나는 아픔
성난 함성이 되어
땅을 흔들던 날
앞장서서 달려가던
그는 적선동에서 쓰러졌다
도시락과 사전이 불룩한
책가방을 옆에 낀 채
그 환한 웃음과
싱그러운 몸짓 빼앗기고
아스팔트에 쓰러져
끝내 일어나지 못했다
스무 살의 젊은 나이로
그는 헛되이 사라지고 말았는가

아니다
그렇지 않다
물러가라 외치던 그날부터

그는 영원히 젊은 사자가 되어
본관 앞 잔디밭에서
사납게 울부짖고
분수가 되어 하늘 높이 솟아오른다
살아남은 동기생들이 멋쩍게
대학을 졸업하고 군대에 갔다 와서
결혼하고 자식 낳고 어느새
중년의 월급쟁이가 된 오늘도
그는 늙지 않는 대학
초년생으로 남아
부지런히 강의를 듣고
진지한 토론에 열중하고
날렵하게 볼을 쫓는다
굽힘 없이 진리를 따르는
자랑스런 후배
온몸으로 나라를 지키는
믿음직한 아들이 되어
우리의 잃어버린 이상을
새롭게 가꿔가는

그의 힘찬 모습을 보라

그렇다
적선동에서 쓰러진 그날부터
그는 끊임없이 다시 일어나
우리의 앞장을 서서
달려가고 있다

나의 자식들에게

위험한 곳에는 아예 가지 말고
의심받을 짓은 안 하는 것이 좋다고
돌아가신 아버지는 늘 말씀하셨다
그분의 말씀대로 집에만 있으면
양지바른 툇마루의 고양이처럼
나는 언제나 귀여운 자식이었다
평온하게 살아가는 사람
아무것도 하지 않는 사람
아무 흔적도 남기지 않는 사람
그분의 말씀대로 살아간다면
인생이 힘들 것 무엇이랴 싶었지만
그렇게 살기도 쉬운 일이 아니다
수양이 부족한 탓일까
태풍이 부는 날은
집 안에 들어앉아
때 묻은 책을 골라내고
옛날 일기장을 불태우고
아무것도 남기지 않기 위해
자꾸 찢어 버린다

이래도 무엇인가 남을까

어느 날 갑자기 이 짓을 못하게 되어도

누군가 나를 기억할까

어쩌면 그러기 전에 낯선 전화가

울려올지도 모른다

지진이 일어나는 날은

집에만 있는 것도 위험하고

아무 짓을 안 해도 의심받는다

조용히 사는 죄악을 피해

나는 자식들에게 이렇게 말하겠다

평온하게 살지 마라

무슨 짓인가 해라

아무리 부끄러운 흔적이라도

무엇인가 남겨라

크낙산의 마음

(1986)

줄타기

보는 사람 없어도
장대를 들고 저마다
공중에서 줄을 탄다
수많은 줄들이 얽히고설켜
앞이 막히면 옆줄로 뛰고
쉴 때도 이리저리 옮겨 앉는다
줄과 줄 사이로
떨어지면
깊이 모를 어둠 속으로
사라져버린다
너무나 많은 줄들이 얽히고설켜
때로는 땅바닥처럼 든든한 것 같지만
한눈을 팔다가
헛디디면
거기서 끝장이다
떨어지지 않으려고
기우뚱거리는 몸을 가누며
저마다 아슬아슬하게
외줄을 탄다

손가락 한 개의

우연히 마주친 눈길이
나침처럼 한동안 떨렸다
열린 채 닫혀 있는 곳
팽팽하게 가득 채우며
끝없이 깊게 그러나
손가락 한 개의 길이로
겹쳤을 때
온 세상이 몸을 뚫고
뜨겁게 지나갔다
지나간 세상의 어느 곳엔가
가버린 시간의 언제쯤엔가
아슴푸레 눈길 멈추고
목매달려
한동안 지났을 때
끝없이 멀리 그러나
손가락 한 개의 사이를 두고
땅에 닿을 듯 말 듯 두 발이
차갑게 늘어졌다

홰나무

밤마다 부엉새가 와서 울던 그 나무를 동네 사람들은 홰나무라고 불렀다.

홰나무는 우물가에 넓은 그림자를 던져주었다. 두레박이 없어지고, 펌프가 생기고, 뒤이어 공동 수도가 설치되었던 그 자리에 얼마 전에는 주유소가 들어섰지만, 홰나무는 오늘도 변함없이 그 자리에 서 있다.

6·25 때는 홰나무 아래 폭격 맞은 군용 트럭의 잔해가 오랫동안 방치되어 있었다. 고철 장수가 쓸 만한 부속품들을 뜯어간 뒤, 아이들의 장난감이 되어버린 그 커다란 쇳덩어리는 3년 가까이 시뻘겋게 녹이 슬다가 마침내 해체되어 사라졌다.

홰나무에도 파편이 몇 개 박혔는데, 그 쇳조각들은 차츰 녹아서 수액으로 흡수되고, 그 자리에 옹이가 생겨났다. 언제부터인지 거기에는 자연보호 팻말이 붙어 있다.

홰나무를 바라보면 지금도 그 거대한 나무를 만지고 싶고, 그 나무에 기대고 싶고, 기어 올라가고 싶고, 때로는 그 나무의 뿌리나 가지가 되고 싶어진다. 그리고 부리나케

걸음을 재촉하거나, 택시를 타고 그 앞을 지나갈 때면, 부끄러운 느낌이 든다.

왜냐하면 움직이는 것은 바로 저 홰나무이고, 예나 이제나 한자리에 서 있는 것은 정작 나 자신이라는 생각이 자꾸 떠오르기 때문이다.

옛 향로 앞에서

그때라고 지금과 달랐겠느냐
누구나 태깔 곱게 잘 빠진
예쁜 향로를 좋아하고
소중히 간직했을 것이다
하지만 8백 년이 흘러간 뒤
그때의 구름과 연꽃을 보여주는 것은
빼어나게 아름다웠던
청자상감 유개 향로가 아니다
굽다가 터지고 일그러져
향불 한 번 못 피우고
어느 도공의 집 헛간에서
발길에 차이며 뒹굴었던
바로 이 못생긴 4각 향로 하나가
그 오랜 세월을 견디며
오늘까지 이 땅에 살아남아
찌그러진 모습 속에
고려의 하늘을 담고 있구나

가을 하늘

구름 한 점 없이
파란 가을 하늘은
허전하다
땅을 덮은 것 하나도 없이
하늘을 가린 것 하나도 없이
쏟아지는 햇빛
불어오는 바람

하늘을 가로질러
낙엽이라도 한 잎 떨어질까 봐
마음 조인다

얼마나 오랫동안
저렇게 견딜 수 있을까
명령을 받고
싹 쓸어버리기라도 한 듯
구름 한 점 없이
파란 가을 하늘은
두렵다

크낙산의 마음

다시 태어날 수 없어
마음이 무거운 날은
편안한 집을 떠나
산으로 간다
크낙산 마루턱에 올라서면
세상은 온통 제멋대로
널려 있는 바위와 우거진 수풀
너울대는 굴참나뭇잎 사이로
살쾡이 한 마리 지나가고
썩은 나무 등걸 위에서
햇볕 쪼이는 도마뱀
땅과 하늘을 집 삼아
몸만 가지고 넉넉히 살아가는
저 숱한 나무와 짐승 들
해마다 죽고 다시 태어나는
꽃과 벌레 들이 부러워
호기롭게 야호 외쳐보지만
산에는 주인이 없어
나그네 목소리만 되돌아올 뿐

높은 봉우리에 올라가도

깊은 골짜기에 내려가도

산에는 아무런 중심이 없어

어디서나 멧새들 지저귀는 소리

여울에 섞여 흘러가고

짙푸른 숲의 냄새

서늘하게 피어오른다

나뭇가지에 사뿐히 내려앉을 수 없고

바위틈에 엎드려 잠잘 수 없고

낙엽과 함께 썩어버릴 수 없어

산에서 살고 싶은 마음

남겨둔 채 떠난다 그리고

크낙산에서 돌아온 날은

이름 없는 작은 산이 되어

집에서 마을에서

다시 태어난다

사오월

언제부터인가
4월은 해마다 오기만 하고
가지 않는다
진달래 개나리 곳곳에 피어나고
라일락 향기 깊어지면
찢어져 바랜 깃발 다시 펄럭이고
옛날에 다친 허리 뜨끔거린다
멍든 뼈 마디마디 쑤시고
말라붙은 검은 상처에서
피가 다시 흐른다
재발인가 아니면 부활인가
아카시아 꽃 흐드러지게 피고
뻐꾸기 울음소리 구슬픈 날은
못자리 짙푸른 논둑길로
관을 든 여자들이 지나가고
숲 속이나 길가의 쓰레기터에서
수의도 못 입은 시체들이 일어선다
잠들지 않고
썩지 않고

잊혀지지 않고
세월만 자꾸 쌓여간다
언제부터인가
5월은 해마다 오기만 하고
가지 않는다

매미가 없던 여름

감나무에서 노래하던 매미 한 마리
날아가다 갑자기 공중에서 멈추었다
아하 거미줄이 쳐 있었구나
추녀 끝에 숨어 있던 거미가
몸부림치는 매미를 단숨에 묶어버렸다
양심이나 이념 같은 것은
말할 나위도 없고
후회나 변명도 쓸데없었다
일곱 해 동안 다듬어온
매미의 아름다운 목청은
겨우 이레 만에
거미 밥이 되고 말았다
그렇다 걸리면 그만이다
매미들은 노래를 멈추고
날지도 않았다
유달리 무덥고 긴 여름이었다

책 노래

혁명이란 위험한 짓
금지된 장난이다
그러나 역사를 보라
일찍이 끔찍한 혁명이 없이
위대한 나라
새로운 시대가
탄생한 적 있는가

위대한 생각을
새로운 언어로
기록한 것이 훌륭한 책이라면
그것은 앞으로 역사를 이끌어갈
머리의 힘
마음의 꿈이다

그러나 혁명을 일으킨 자들은
언제나 혁명을 가장 두려워하고
천성이 책을 좋아하지 않아
훌륭한 책을 읽는 대신

금지할 책을 골라낸다

그리하여 책을 금지한 자들은
생각과 느낌마저 금지하고
"책을 불태운 자들은
마침내 사람마저 불태우고"
결국은 스스로 파멸한다
역사를 돌이켜보라
금서(禁書)와 분서(焚書)는 혁명보다도
위험한 장난 아닌가

이사장에게 묻는 말

가슴 가득히 훈장을 단 당신은
담배를 피우며 회고했다
'그것은 나의 잘못이 아니었다
전쟁터에서는 아군이 아니면 적군이다'
명령을 내리기 전에 당신이
파이프를 한 대 더 태웠더라면
오늘이 조금 달라졌을까

아침마다 승마를 하고
주말에는 골프를 치면서
요즘도 당신은 퇴역 4성 장군은
이 세상의 모든 사람을
적 아니면 동지라고
믿고 있는가

그렇다면 복덕방 김 영감은
적인가 동지인가
오너드라이버가 된 이 과장은
엘리베이터를 기다리는 미스 박은

도서관에 가득한 저 학생들은
과연 동지인가 적인가
공판장의 정 서방은
생산부의 최 기사는
거동이 수상한 저 청년들은
적인가 동지인가
거리에 정거장에 백화점에 넘치는
저 많은 사람들은
그리고 지금은 이사장이 된 당신 자신은
도대체 동지인가 적인가

새 문

일 년에 한 번쯤 한 사람이
드나들기 위하여
저렇게 커다란 정문을
한가운데 만들어놓고
열두 명의 수위가 밤낮으로 지킨다
〈정문 사용 금지〉
보통 사람은 절대로
드나들 수 없는
저 으리으리한 정문을 보아라
한 사람이 들어가기에는
너무 크게 열려 있고
다른 사람들에게는
언제나 닫혀 있다

열기 위해서가 아니라
닫기 위해서 있는
드나들기 위해서가 아니라
가로막기 위해서 있는
저것은 우리에게

문이 아니라
벽이다
우리를 가로막는
저 벽을
허물어뜨리자

아무도 밟지 못하게 하는
저 대리석 계단을
없애버리자
아무도 가까이 갈 수 없는
저 화강암 기둥을
뽑아버리자
아무도 드나들 수 없는
저 육중한 쇠문을
부숴버리자

그리하여 없애버리자
우리가 사용할 수 없는
저 큰 문을

없애버리고 차라리

거기에다 벽을

만들자

그리고 그 벽에다

새로 문을

만들자

누구나 드나들 수 있는

그런 문을 만들자

O씨의 직업

우리 동네 O씨는
직업이 무엇일까

집 앞에 유달리 환한
방범등이 달려 있을 뿐
출퇴근이 분명치 않고
길에서 만날 수도 없어
그의 신분을 알 수 없었다
어느 날 그러나 동네 입구에
〈O喪家〉라는 화살표가 나붙자
좁은 골목 가득히 검은색
관용차들이 몰려들었다
눈빛 날카로운 인물을 한 명씩 태운
고급 승용차들이 사흘 동안 꼬리를 물고
왔다가
곧 되돌아갔다
택시를 타고 오거나 걸어서
문상 오는 사람은 없었다

아 이제야 알겠다
O씨의 직업이 무엇인지를

사랑니

귀찮은 것
빼어 버리지
충치만 생기고
어금니를 괴롭히는
사랑니는 빼어 버려
철이 들면 무엇해
씹지도 못하는 걸
(의사의 말은 언제나
의학적으로 옳다)
하지만 빼어 버리는 것도
고치는 것일까
(겁 많은 환자에겐 으레
어리석은 고집이 있으니까)
잠 못 자게 괴롭히는
미운 이빨을 그래도
나는 버리지 않을 테야
비록 귀찮은 사랑니지만
내 몫의 아픔을 주는
내 몸의 일부인 것을

내가 아니면 누가

씹으며 지그시

참을 수 있겠어

간직할 수 있겠어

나무처럼 젊은이들도

동짓달에도 날씨가 며칠 푸근하면
철없는 개나리는 노란 얼굴 내민다
봄이 오면 꽃샘추위 아랑곳없이
진달래는 곳곳에 소담스럽게 피어난다
피어나는 꽃의 마음을
가냘프다고
억누를 수 있느냐
어두운 땅속으로 뻗어 나가는 뿌리의 힘을
보이지 않는다고
업신여길 수 있느냐
땅에 깊숙이 뿌리 내리고
하늘로 피어오르는 꿈을
드높은 가지 끝에 품은
나무처럼 젊은이들도
힘차게 위로 솟아오르고
조용히 아래로 깊어지며
밝고 넓게 퍼져 나가기를
그러나 행여 잊지 말기를
아무리 높다란 나뭇가지 끝에서

저 들판 너머를 볼 수 있어도

뿌리는 언제나 땅속에 있고

지하수가 수액이 되어

남모르게 줄기 속을 흐르지 않으면

바람결에 멀리 향냄새 풍기는

아카시아도 라일락도

절대로 피어날 수 없음을

버스를 탄 사람들

책을 든 젊은이들에게서
최루탄 냄새가 난다
대학가를 지나갈 때면
버스를 탄 사람들은
눈을 비비고
재채기를 하고
콧물을 흘리면서도
아무 말 하지 않는다
그들도 옛날에 학교에 다녔다
병역을 필하고
세금을 납부하고
자식들을 기르면서
힘겹게 살아가는
그들은 평범한 시민들이다
젊은이들이 싫어하는 것을
그들도 좋아하지는 않는다
다만 사각형처럼 모난 꼴을
자연스럽게 여길 수 없는
그들은 때 묻은 어른들일 뿐이다

구호를 외치고

돌을 던지고

최루탄을 쏘아대는 틈바구니로

입을 손수건으로 막은 채

버스를 타고 가는 사람들

그들은 실없는 구경꾼이나

무관심한 행인이 아니다

이름은 모르지만 낯익은

그들은 결국 누구인가

젊은 손수 운전자에게

네가 벌써 자동차를 갖게 되었으니
친구들이 부러워할 만도 하다
운전을 배울 때는
어디든지 달려가 수 있을
네가 대견스러웠다
면허증은 무엇이나 따두는 것이
좋다고 나도 여러 번 말했었지
이제 너는 차를 몰고 달려가는구나
철따라 달라지는 가로수를 보지 못하고
길가의 과일 장수나 생선 장수를 보지 못하고
아픈 애기를 업고 뛰어가는 여인을 보지 못하고
교통순경과 신호등을 살피면서
앞만 보고 달려가는구나
너의 눈은 빨라지고
너의 마음은 더욱 바빠졌다
앞으로 기름값이 또 오르고
매연이 눈앞을 가려도
너는 차를 두고
걸어 다니려 하지 않을 테지

걷거나 뛰고

버스나 지하철을 타고 다니며

남들이 보내는 젊은 나이를 너는

시속 60킬로미터 이상으로 지나가고 있구나

네가 차를 몰고 달려가는 것을 보면

너무 가볍게 멀어져가는 것 같아

나의 마음이 무거워진다

북한산 언덕길

북한산 언덕길 올라가노라면
나무와 수풀 우거지고
산새들 우짖는 계곡에
우람한 저택들 늘어서 있어
달력의 그림 속을 걷는 것 같다
커다란 개가 지키는
이 집들은 대개 문패가 없고
언제나 텅 비어 있다
주인들은 아마 온종일
장터에 나가 돈을 벌고
싸움터에서 피 흘리고
자기의 돈과 힘을 지키느라고
집에 올 시간조차 없는 모양이다
아깝다 비어 있는 큰 집들
집에서 일하는 사람들에겐
정작 이런 집이 없구나
집이라면 적어도
지붕은 눈비를 피하고
벽은 바람을 막아야 하는데

집에서 사는 사람들에겐
비바람 제대로 막을 곳조차 없다
그래도 지붕에서 비가 샐 때는
양동이를 방바닥에 늘어놓고
한여름 지내고
벽 틈으로 바람이 들어올 때는
옷을 껴입고
연탄가스와 싸우며
한겨울 난다
마당도 대문도 없을망정
지저분하고 냄새나는 판잣집들
붐비는 골목길은 살아 있다
널찍하게 아스팔트로 포장된
북한산 언덕길 올라가노라면
아무도 아름다운 경치 내다보지 않고
아무도 맑은 바람 숨 쉬지 않고
아무도 새소리 물소리 듣지 않는
음산한 저택들만 늘어서 있어
죽음의 마을을 가는 것 같다

그때는

누가 모르겠는가
누구나 느끼고
누구나 겪은
그것을 누가 모르겠는가

모두가 알면서도 그때는
모르는 체했었다
아무도 말하지 못하고
아무도 쓰지 못한
그것을 이렇게
우리말로 이야기하고
우리글로 써서
남겼다

그것을 누가 모르겠는가
이제 와서 쉽게 말하지 말고
생각해보라 당신은 그때
무엇을 했는가

봄 길

한 달에 한 번씩
아버지 따라
돌우물 할머니 산소에
성묘 가던 길

봄 가뭄에
진흙 먼지 날리는
삼십 리 길을
고무신 신고
타박타박 걷노라면
그림자 밟힐 때쯤
풀무골에 닿았지

소달구지 지나가는
객줏집 마루에 걸터앉아
잠깐 다리를 쉬며
아버지는 막걸리를 들고
나는 감주를 마셨지

길섶의 종달새
포르륵 머리 스치며
아지랑이처럼 나른한
졸음을 노래하던 곳

꼬리 물고 떠오르는
온갖 기억 덧없어
오늘은 가족과 함께
자동차를 타고 달려가는
아스팔트 길

뼈

내 몸을 버텨주는 뼈를
엑스레이 필름에서 보았을 때
그것은 전혀 내 것 같지 않았다
부러진 갈비뼈는 결코
스테인리스 강철이나
플라스틱이 아니고
또한 하느님이 내려주신
영혼의 재목도 아니었다

멸치와 양미리 가루가
몇십 년을 쌓이며
굳어져 자란 뼈를
나는 본 적도 없으면서
너무나 믿어온 것 같다
가루가 모여
굳어진 것은 모두
언젠가 금이 가고 부러지고 부서져
결국 가루가 된다

내 몸을 버텨주는 뼈도
마침내 가루로 돌아가
눈발처럼 허공에 흩날리다가
어딘가 다시 쌓일 것이다
부러진 갈비뼈도
언젠가 내 것이 아닌
먼지로 여기저기 떠돌면서
나의 아픔을 전혀
기억하지 못할 것이다

뼈는 부러져 나를 떠나고
붐비는 시장과 거리에도
오래 머무는 사람은 없다
모두 서둘러 지나가버리고
앙상하게 가지만 남은
가로수 사이로
누구의 것도 아닌
바람이 불어온다

심전도(心電圖)

가을 바람을 타고
잠자리들 날아오른다
나뭇잎들 떨어져도
돌아갈 곳 없는
텃새들의 자지러진 울음소리
서리가 내리고
날이 일찍 저문다
눈발이 흩날릴 때쯤
철새들의 노래도 그치고
겨울 산은 한밤이 되어
어둡다 답답하다
땅은 깊이 잠들어
해가 떠도 깨어나지 않는다

텃새들의 수다스런 지저귐이
다시 꽃을 피우면
산비둘기 울 때마다
마을이 조금씩 밝아지고
뻐꾸기와 꾀꼬리 노래할 때는

산이 온통 환해진다

쓰르라미와 풀벌레 소리

물처럼 쏟아지는

여름날 한낮이 되면

나무들의 힘찬 맥박에

땅이 두근거리고

가물거리는 기억 속으로

어제 본 나비가 날아온다

낯익은 구두

1301호 문 앞에 오늘은
구두가 한 켤레 놓여 있다
뒤축이 비뚜로 닳고
허옇게 코가 벗겨진
저 낡은 구두는 틀림없이
그가 신던 것이다
어쩌면 그는 젊었을 때
어렵게 농사를 지어
자식들을 키웠을지도 모른다
늙은 아내를 잃은 뒤
그는 억지로 시골을 떠나
아들 집으로 왔을 것이다
그리하여 뉴타운 고층 아파트 구석방에서
죄진 듯 말없이 살게 되었다
손주들은 냄새가 난다고 싫어하고
며느리는 빨래를 하기 귀찮아하고
아들은 바빠서 만날 수도 없었다
밤마다 텔레비전을 끝날 때까지 보았다
아침에는 뒷산에 올라가

지갑에 든 천 원짜리를 세어보고

농협 저금통장을 들여다보기도 했다

낮에는 13층 베란다에서

우리에 갇힌 여윈 동물처럼

아래를 내려다보았다

승강기에서 누군가 만나면

얼른 눈길을 돌리고

아무 말도 하지 않은 채 그는

이 아파트에서 열 달쯤 살았을 것이다

한 번도 인사를 나눈 적 없지만

낯익은 그의 구두가 오늘은

1301호 문밖에 놓여 있다

효자동 친구

중년이 넘도록
홀어머니 모시고 이제는
머리칼 히끗히끗해진 저 친구

모친상 상장을 옷깃에 달고
쇼핑하러 나와 오늘은
아내와 둘이서
넥타이를 고르고 있구나

저 친구 내외가 결혼한 뒤로
저렇게 홀가분한 모습
환한 얼굴은 처음 본다

늙은 소나무

새마을 회관 앞마당에서
자연보호를 받고 있는
늙은 소나무
시원한 그림자 드리우고
바람의 몸짓 보여주며
백여 년을 변함없이 너는
그 자리에 서 있었다
송진마저 말라버린 몸통을 보면
뿌리가 아플 때도 되었는데
너의 고달픔 짐작도 못 하고 회원들은
시멘트로 밑둥을 싸 바르고
주사까지 놓으면서
그냥 서 있으라고 한다
아무리 바람직하지 못하다 해도
늙음은 가장 자연스러운 일
오래간만에 털썩 주저앉아 너도
한번 쉬고 싶을 것이다
쉬었다가 다시 일어나기에
몇백 년이 걸릴지 모르겠지만

너의 졸음을 누가 막을 수 있으랴

백여 년 동안 뜨고 있던

푸른 눈을 감으며

끝내 서서 잠드는구나

가지마다 붉게 시드는

늙은 소나무

그

아득한 옛 조상처럼 하얗게
늙은 그를 만나려면
물론 돈이나 빽으로는 안 된다
냉난방이 된 쾌적한 실내에서
편안한 의자에 앉아 기도하고
고운 목소리로 노래하면서
그의 곁에 갈 수는 없다
아무리 성능 좋은 자동차라도
달려갈 수 없는 곳에
그는 있기 때문이다

정말로 그를 만나려면
맨몸으로 걸어가는 수밖에 없다
전혀 포장이 되어 있지 않은
자갈밭이나 진흙 길을 땀 흘리며
두 발로 걸어가야만 한다
발이 부르트면 길가에 주저앉고
절룩거리며 고개를 넘어
저녁노을을 바라보다가

여울물 움켜 마시고
이정표도 없는 밤길을 한 발짝 또 한 발짝
무거운 걸음 옮겨놓고
넘어지면 더듬더듬 기어가야만 한다

그리하여 그의 곁에 도달한다면
온갖 지식과 재산 쓸데없고
모든 노래와 기도 필요 없고
마침내 그를 만나 기뻐하는 대신
그가 누구인지도 모른 채
그의 곁에 쓰러져
다시는 일어날 수 없는
끝없는 잠에 빠질 것이다

좀팽이처럼
(1988)

감나무 바라보기

나뭇잎 모두 떨어지고
열매만 빨갛게 익어

아름답구나
맛있겠구나

그런 생각 다 버리고
멍청하니
오랫동안
감나무를 바라보면 어떨까

바쁘게 달려가다가
힐끗 한 번 쳐다보고
재빨리 사진 한 장 찍은 다음
앞길 서두르지 말고
그 자리에 서서 또는 앉아서
홀린 듯
하염없이
감나무를 바라보면 어떨까

우리도 잠깐
가을 식구가 되어

하얀 비둘기

애초에 비둘기를 기를 생각은 전혀 없었다.

다만 비 오는 날 떼 지어 날아다니는 비둘기가 몹시 축축하게 보여서, 구멍이 네 개 달린 비둘기 집을 만들어 예쁘게 페인트칠을 한 다음, 옥상 창문 위에 달아주었을 뿐이다.

그러나 사람의 마음 아랑곳없이 비둘기는 한 마리도 이곳에 날아들지 않았다.

십 년이 지나도록 마찬가지였다.

그동안 비바람에 시달려 비둘기 집은 칠이 벗겨지고 나무가 썩어서 보기 흉하게 되었다. 차라리 떼어버리는 것이 나을 듯싶었다.

그런데 며칠 전에 마당을 쓸다가 보니 하얀 비둘기 두 마리가 그 속에 앉아 있지 않은가.

우리 비둘기 집은 다 낡아버린 뒤에야 비로소 비둘기의 마음에 들었나 보다.

비둘기의 그 조그만 가슴속에 다른 하늘과 다른 땅이 있고, 그 가는 핏줄 속에 다른 물이 흐르고 다른 바람이 불고 있음을 나는 십 년 동안이나 몰랐던 셈이다.

달팽이의 사랑

장독대 앞뜰
이끼 낀 시멘트 바닥에서
달팽이 두 마리
얼굴 비비고 있다

요란한 천둥 번개
장대 같은 빗줄기 뚫고
여기까지 기어 오는 데
얼마나 오래 걸렸을까

멀리서 그리움에 몸이 달아
그들은 아마 뛰어왔을 것이다
들리지 않는 이름 서로 부르며
움직이지 않는 속도로
숨 가쁘게 달려와 그들은
이제 몸을 맞대고
기나긴 사랑 속삭인다

짤막한 사랑 담아둘

집 한 칸 마련하기 위하여
십 년을 바둥거린 나에게
날 때부터 집을 가진
달팽이의 사랑은
얼마나 멀고 긴 것일까

잠자리

늦가을 엷은 햇살
빨랫줄 위에
꽁지를 약간 치켜들고
잠자리 한 마리

커다란 눈
가느다란 목
비치는 날개

가볍게 하르르 날다가
감나무 가지 끝에
사뿐히 옮겨 앉는다

바람도 잠시 숨죽이고
모든 눈길이 자기에게 쏠려도
잠자리는 외치지 않는다
눈물 흘리지 않고
노래 부르지 않는다

꼼짝도 하지 않고

무게도 없이

그저 제자리에

머물러 있을 뿐

나뭇잎 하나

크낙산 골짜기가 온통
연녹색으로 부풀어 올랐을 때
그러니까 신록이 우거졌을 때
그곳을 지나가면서 나는
미처 몰랐었다.

뒷절로 가는 길이 온통
주황색 단풍으로 물들고 나뭇잎들
무더기로 바람에 떨어지던 때
그러니까 낙엽이 지던 때도
그곳을 거닐면서 나는
느끼지 못했었다.

이렇게 한 해가 다 가고
눈발이 드문드문 흩날리던 날
앙상한 대추나무 가지 끝에 매달려 있던
나뭇잎 하나
문득 혼자서 떨어졌다.

저마다 한 개씩 돋아나
여럿이 모여서 한여름 살고
마침내 저마다 한 개씩 떨어져
그 많은 나뭇잎들
사라지는 것을 보여주면서

가을날

누가 부는지 뒷산에서
서투른 나팔소리 들려온다
견딜 수 없는 피로 때문에
끝내 약속을 지키지 못했다는
그의 말이 문득 떠오른다
여름내 햇볕 즐기며
윤나는 잎사귀 반짝이던 감나무에
지금은 까치밥 몇 개
높다랗게 매달려 있고
땅에는 떨어진 열매들
아무도 줍지 않았다
나는 어디쯤 떨어질 것인가
낯익은 골목길 모퉁이
어느 공원 벤치에도 이제는
기다릴 사람 없다
차라리 늦가을 벌레 소리에 묻혀
지난날의 꿈을 꾸고
꿈속에서 깨어나
손짓하는 코스모스에게 묻고 싶다

봄에는 너를 보지 못했다
여름에는 어디 있었니
때늦게 길가에 피어난 꽃들
함초롬히 입 가리고 웃을 것이다
아직도 누군가 만나
나누고 싶은 이야기
굳게 입 다물고
두꺼운 안경으로 눈 가리고
앓고 싶지 않은 병
온몸에 간직한 채 나는
아무렇지도 않은 듯
천천히 그곳으로 다가가고 있다
아득한 젊은 날을 되풀이하는
서투른 나팔소리
참을 수 없는 졸음 때문에
마지막 기회를 잃어버렸다는
그의 말을 이제는 알 것 같다

밤눈

겨울밤
노천 역에서
전동차를 기다리며 우리는
서로의 집이 되고 싶었다
안으로 들어가
온갖 부끄러움 감출 수 있는
따스한 방이 되고 싶었다
눈이 내려도
바람이 불어도
날이 밝을 때까지 우리는
서로의 바깥이 되고 싶었다

나무

봄이 와도 당신은 꽃씨를 뿌리지 않는다. 어린 나무를
옮겨 심지 않는다.

철 따라 물을 주고, 살충제를 뿌리고, 가지를 쳐주고, 밑
둥을 싸맬 필요도 없다.

이미 커다랗게 자란 장미, 목련, 무궁화, 화양목, 주목,
벽오동, 산수유, 영산홍, 청단풍, 등나무, 모과나무, 앵두나
무, 감나무, 대추나무, 살구나무, 잣나무, 은행나무, 가이즈
카향나무, 겹벚나무, 사철나무, 자귀나무, 대나무, 플라타
너스, 느티나무, 소나무, 눈향나무, 박태기나무 들을 사들
이면 되기 때문이다.

거대한 정원을 가득 채운 저 수많은 관상수들을 당신은
모두 나무라고 부른다.

당신은 참으로 많은 나무를 가지고 있다. 단 한 그루의
나무 이름조차 모르면서도.

좀팽이처럼

돈을 몇 푼 찾아가지고
은행을 나섰을 때 거리의
찬 바람이 머리카락을 흐트려놓았다
대출계 응접 코너에 앉아 있던
그 당당한 채무자의 모습
그의 땅을 밟지 않고는
신촌 일대를 지나갈 수 없었다
인조대리석이 반들반들하게 깔린
보도에는 껌 자국이 지저분했고
길 밑으로는 전철이 달려갔다
그 아래로 지하수가 흐르고
그보다 더 깊은 곳에는
시뻘건 바위의 불길이 타고 있었다
지진이 없는 나라에 태어난 것만 해도
다행한 일이지
50억 인구가 살고 있는
이 땅덩어리의 한 귀퉁이
1천만 시민이 들끓고 있는
서울의 한 조각

금고 속에 넣을 수 없는

이 땅을 그 부동산 업자가

소유하고 있었다 마음대로 그가

양도하고 저당하고 매매하는

그 땅 위에서 나는 온종일

바둥거리며 일해서

푼돈을 벌고

좀팽이처럼

그것을 아껴가며 살고 있었다

대장간의 유혹

제 손으로 만들지 않고
한꺼번에 싸게 사서
마구 쓰다가
망가지면 내다 버리는
플라스틱 물건처럼 느껴질 때
나는 당장 버스에서 뛰어내리고 싶다
현대아파트가 들어서며
홍은동 사거리에서 사라진
털보네 대장간을 찾아가고 싶다
풀무질로 이글거리는 불 속에
시우쇠처럼 나를 달구고
모루 위에서 벼리고
숫돌에 갈아
시퍼런 무쇠낫으로 바꾸고 싶다
땀 흘리며 두들겨 하나씩 만들어낸
꼬부랑 호미가 되어
소나무 자루에서 송진을 흘리면서
대장간 벽에 걸리고 싶다
지금까지 살아온 인생이

온통 부끄러워지고

직지사 해우소

아득한 나락으로 떨어져 내리는

똥덩이처럼 느껴질 때

나는 가던 길을 멈추고 문득

어딘가 걸려 있고 싶다

재수 좋은 날

오늘은 별다른 일이 없었다
끔찍한 교통사고도 일어나지 않았고
소매치기나 날치기를 당하지도 않았다
최루탄 때문에 눈물을 흘리지도 않았고
길가에서 가방을 열어 보이지도 않았고
닭장차에 갇히지도 않았다
두들겨 맞거나
칼에 찔리지도 않았다
별일 없이 하루를 보낸 셈이다
밤중에 우리 집에 불이 나거나
도둑이 들어오지만 않는다면
오늘은 아주 재수 좋은 날이다

부끄러운 월요일
—1987. 4. 13.

온 나라가 일손을 멈추고
한 사람의 목소리에
귀 기울이던 날
마침 중간시험이 시작되던 월요일
안경을 쓰고
넥타이를 매고
교단에 선 나 자신이
부끄럽고
창피해서
커닝하는 학생들을
잡아낼 수가 없었다.
그들과
나와
그
누가 정말로 부정행위를 하고 있는지
가려낼 수가 없었다
어느 한 사람인가
우리 모두인가
아니면 온 나라인가

아빠가 남긴 글

아빠가 갑자기 사라졌다고
당황할 필요는 없다
아빠가 네 곁에 없다고
세상이 달라지는 것은 아니다
다만 언제나 그렇듯 말조심하고
낮에도 문단속을 잘해야 한다
내일 저녁 초대에는 못 간다고 알리고
글피는 민방위 훈련
불참 신고를 해다오
토요일은 엄마의 생일
케이크를 사다가 축하해주어라
그믐날은 할아버지 제삿날이다
축문을 미리 써놓았으니
너희들끼리 제사를 지내라
날씨가 더 추워지기 전에
화분을 들여놓는 것이 좋겠다
아빠가 돌아오지 못하더라도
슬퍼할 필요는 없다
머지않아 네가 아빠가 되고

그다음에는 너의 딸이 엄마가 되면서
아빠와 비슷한 아들
또는 엄마를 닮은 딸이
같은 집 한 동네에서
변함없이 지금처럼 살아갈 터이니
몇 사람이 사라졌다고 해서
세상이 달라지는 것은 아니다.

작은 꽃들

사방에서 터져 올라간 최루탄 가스
마침내 하늘의 코를 찔렀나 보다
때아닌 태풍에 비바람 휘몰아쳐
탐스런 목련꽃들 모조리 떨어뜨리고
새로 심은 가로수 뿌리째 뽑아놓고
서울빌딩 간판까지 날려버렸다
갓 피어난 작은 꽃들 애처롭게
몽땅 떨어졌을 줄 알았는데
철 늦은 꽃샘바람 지나간 뒤
길가의 개나리 눈부시게 노랗고
언덕 위의 진달래 활짝 피었다
빗속에 떨던 조그만 꽃 이파리들
바람에 시달리던 가녀린 꽃줄기들
떨어져 나간 간판 버팀쇠보다
오히려 굳세게 봄을 지키고 있구나

동서남북

봄에는 연녹색 물결 북쪽으로
북쪽으로 퍼져 올라간다
철조망도 군사분계선도 거리낌 없이
북상한다
산맥을 넘고
들판을 지나서
진달래도 개나리도 월북한다
여름이면 뻐꾸기 노랫소리
개구리 우는 소리
어디서나 똑같다
가을에는 황금빛 물결 남쪽으로
남쪽으로 퍼져 내려온다
비무장지대도 민통선도 거리낌 없이
남하한다
강을 건너고
계곡을 지나서
코스모스도 단풍도 월남한다
겨울이면 시원한 동치미 맛
얼큰한 해장국 맛

어디서나 똑같다
동서남북 가리지 않고
온 세상을 하나로
하얗게 뒤덮는 눈보라
아무도 막을 수 없다

대웅전 뒤쪽

크낙산 뒷절 돌계단에
목탁 소리 염불 소리
부처님께 절하는 대신
샘물 한 모금 마시고
싸리비 자국 무늬진
옛 마당을 거닌다
대웅전 뒤쪽 빛 바랜
흰 소가 풀 뜯는 처마 밑
깨어진 기왓장 나뒹굴고
석가탄신일 경축탑 버려져 있어
뒷골목 헛간처럼 응달진 곳
누군가 거기 있는 것 같아
걸음 멈추면 실고사리
잎을 흔들며 사라지는 기척
한 번도 본 적 없는 뒷모습이
마음을 언뜻 스쳐가고

문 앞에서

탈의실 같은 곳이었다.

모두 벌거벗은 채 빈손으로 문 앞에 서 있었다.

신문에서 자주 본 ㄱ씨의 얼굴이 제일 먼저 눈에 띄었다. 항상 겨드랑이 밑에 권총을 차고 다니며, 부하들을 지휘하여 시민을 연행하던 그가 벌거벗은 채 혼자 서 있는 것은 매우 어색해 보였다.

ㄴ씨도 거기에 있었다. 그는 광활한 토지와 수많은 고층 빌딩과 자가용 비행기를 가지고 있었다. 그런데 경호원도 없이 맨몸으로 서 있는 모습을 보니 아주 초라했다.

우스꽝스런 몸매로 한쪽 구석에 서 있는 사람은 낯익은 얼굴이었다. 언제나 최신 유행 의상을 걸치고 텔레비전 화면을 드나들던 ㄷ씨였다. 벌거벗은 그의 엉덩이에는 커다란 반점이 하나 있었다.

청소원 ㄹ씨는 덤덤한 미소를 짓고 있었다.

거무튀튀한 제복에 주황색 조끼를 입고 그는 매일 새벽 냄새나는 쓰레기를 치웠다. 이제 그는 작업복을 벗어버리고 홀가분하게 서 있었는데, 힘든 일로 다져진 근육이 오히려 보기 좋았다.

제일 먼저 호명당한 사람은 ㄱ씨였다. 그는 자신 있게 어깨를 흔들며 문 안으로 들어갔다. 그러나 곧 비명이 들려왔다. 그의 비명은 아무도 들어본 사람이 없었다.

불안하고 초조한 빛으로 서성이다가 뒤이어 들어간 ㄴ씨도 외마디 소리를 질렀다. 여지껏 그가 한 번도 내본 적이 없는 그런 소리였다.

ㄷ씨는 겁이 나서 밖으로 도망치려다가 붙잡혔다. 왁살스럽게 안으로 끌려 들어가면서 그는 꼬리를 붙잡힌 생쥐처럼 몸부림쳤다.

뜻밖에도 ㄹ씨는 친절한 안내를 받으며 문 안으로 들어갔다. 청소비를 받으러 왔을 때처럼 겸손한 그의 목소리가 안에서 들려왔다.

도대체 저 문 안에서 무엇을 하는지 알 수 없었다.

마른침을 삼키며 나는 문 앞에서 나의 차례가 오기를 기다렸다.

아니리
(1990)

봄놀이

아스팔트 길에서 골목길로
다람쥐처럼 쪼르르
달려 들어간다
전봇대 옆길에서 한길로
고양이 새끼들처럼 후다닥
뛰어나온다
조그만 자전거를 한 대씩 타고
자동차들 사이로 쏙쏙
누비고 다니며
아슬아슬하게 숨바꼭질 벌인다
마을버스를 급정거시키고
두부 장수 오토바이와 하마터면
정면충돌을 할 뻔한다
발갛게 얼굴이 상기된 꼬마들
온갖 걱정 아랑곳없이
어른들의 노곤한 발걸음 사이로
바람처럼 빠져나가는 개구쟁이들
그들은 한곳에 머물지 않는다
뒤돌아보며 앞을 내다보며

두리번거리지 않는다

조심스럽게 살아갈 필요도 없이 그들은

온몸으로 놀고 있는 봄이다

연통 속에서

바닷가 나무 없는 벌판에
직각으로 꺾어진 시멘트 건물
겨우내 비워둔 방
석유난로 연통 속에서
새끼 참새 우짖는 소리
짚가리도 처마도 없고
아무 데도 깃들 곳 없어
바람 막힌 연통 속에
보금자리를 틀었구나
음산한 서북향 연구실에서
난롯불도 못 피우고
주머니에 손을 찌른 채
창가를 서성거린다
연통 속에서 함석을 긁는
새 발짝 소리 안쓰러워

아니리 5

사진은 찍을 때뿐
그러나 지난날의 기억이 없다면
보이지 않는 앞날들
살아가기 힘들 것이다
남서쪽으로 북동쪽으로
아침저녁 오고 가는 똑같은 길
견딜 수 없을 것이다
안양천 따라 뻗어나간 왕복 2차선
쾌적하게 달려가는 구간은 곧
기억에서 사라진다
경운기가 가끔 앞을 막는 시골길
꼬불꼬불 이어가는 포근한 기억들도
산업도로와 마주치는 삼거리에서
뚝 끊어져버린다
한가로웠던 옛날 생각나지 않는다
사진 한 장 없어도
가장 오래 남는 것은
교통순경과 싸우던 기억뿐

그 집 앞

이어폰 귀에 꽂고
워키토키 한 손에 들고
방독면 옆에 차고
비가 오나 눈이 오나
2년 반 동안
그 집 앞에 서 있었다
옛날에는 4성 장군이 살았고
한때는 국가의 재산이었던
견고한 로마네스크 양옥집
지금은 비어 있는 커다란
그 집을 지키면서
2년 반 동안
눈이 오나 비가 오나
사복으로 골목길 입구에 서서
국토방위의 임무를
다했다

자라는 나무

실뿌리가 자라서
굵은 뿌리 되고
나무 밑둥에서 조금씩
조금씩 줄기가 생겨 갈라지고
줄기에서 나뭇가지 퍼져나가
가지마다 수많은 이파리 돋아나고
마침내 하늘을 가리는
커다란 나무가 된다 보아라
땅으로부터 하늘을 향하여 나무는 위로
위로 자라는 것이다
그러나 자세히 보면 위로
아래로 힘껏 온몸을 뻗으며
실처럼 가늘어지는 나뭇가지들
그 무수한 가지 끝마다
햇볕이 쌓이고
빗방울이 머물고
바람이 걸려 조금씩
조금씩 줄기를 기르고
밑둥을 굵게 살찌우고

마침내 땅속으로 들어가
엄청나게 많은 뿌리로 갈라지며
넓고 깊게 퍼져나간다 보아라
하늘로부터 땅을 향하여 나무는 아래로
아래로 자라는 것이다

느티나무 지붕

갑자기 한밤중처럼 어두워졌다. 번개의 뒤를 따라 아스
팔트 길바닥에 통나무 쓰러지는 소리가 나더니 억수같이
비가 쏟아지기 시작했다. 마치 퍼붓기라도 하듯, 한 시간
가까이 장대비가 쏟아졌다.

집집마다 지붕이 새고, 지하실에 물이 들어오고, 사방에
서 축대가 무너져 가옥이 매몰되고, 하수구가 막혀 도로가
침수되고, 강이 넘쳐흘러 논밭이 떠내려갔다. 물이 들지
않은 집도 가재도구는 물론 마음속까지 모두 축축하게 젖
어 있었다.

다만 동네 한가운데 있는 정자나무 아래만 예외였다.
나이가 백 살도 넘었다는 이 커다란 정자나무 아래서 마
을 노인들은 여름이면 장기나 바둑을 두었다. 두 아름이
넘는 나무 밑둥을 둘러싸고 나지막이 돌멩이로 축대를 쌓
아 걸터앉게끔 만든 이 쉼터에서 꼬마들은 묵찌빠를 하거
나 만화를 읽기도 했다.

바로 이 쉼터만은 놀랍게도 전혀 비에 젖지 않았다. 흙

에서 먼지가 날 만큼 보송보송했다.

느티나무 그늘이 짙은 것은 진작부터 알고 있었지만, 그 많은 나뭇잎들이 모여서 이처럼 완벽하게 지붕 노릇을 하리라고는 생각지 못했었다.

오솔길

지장보살 앞에 놓인
망자(亡者)들의 사진
내 또래도 눈에 띄고
젊은 얼굴도 더러 있다
나도 꽤 오래 살았구나
손주의 운동화 빌려 신고
절을 찾아온 할머니들과
중년 등산객들 틈에 끼어 서서
명부전(冥府殿)을 기웃거린다
어둑한 침묵의 한구석에
목탁과 복전함(福田函)
주민등록증과 돈지갑이 들어 있는
바른쪽 속주머니를 지나
갈빗대 밑에서
뜨끔거리며 자라는 죽음
어버이를 잃거나
자식을 낳거나
먹고 마시고 즐기며
오십 년을 어질러놓은 자리

서둘러 대충대충 치우려 해도

이제는 빠듯한 시간이다

아무도 눈치채지 못하게

슬픔의 배낭 조금씩 줄이고

그림자 슬며시 숲 속에 남겨두고

일찍 어두워지는 산길

혼자서 총총히

떠나야겠구나

초겨울

혼자 사는 데 곧 익숙해지겠지
외국에 간 자식들 소식 없고
세금 고지서만 꼬박꼬박 날아오겠지
외기러기 친구들과 어울려
어쩌면 성당에 나가겠지
새벽 기도를 하고
열심히 설교를 듣고
신부님 칭찬을 기뻐하겠지
온종일 봉사 활동 쫓아다니고
고단하게 쓰러져 하루하루를 잊겠지
뒷산에서 소쩍새 우는
옛날 집 팔아버리고
마침내 아파트로 이사하여
난방비가 인상될 때쯤
허리 병 때문에 드러눕겠지
잠마저 잃고
꿈마저 빼앗기고
환한 웃음마저 눈물로 되갚으며
혼자 앓는 데 곧 익숙해지겠지

그리고 아무도 익숙해질 수 없는

앞날을 기다리겠지

그 긴 순간을 기다리겠지

진양조

가늘게 떨리다가
굵게 울리다가
떨림과 울림 사이에서
잠깐 멈추기도 한다
줄과 줄 사이에서
그 침묵까지도
동양화의 여백처럼
소리로 들려주면서

백조의 춤

무모한 짓이다
사람이 백조를 흉내 내다니
(백조가 보면 얼마나 우스울까)
하지만 발끝으로 서서 가볍게
두 팔로 날갯짓하는
저 부드러운 움직임
하얀 넋을 보여주는
저 꾸며낸 몸짓
저것은 백조가 흉내 낼 수 없는
사람의 놀이 아닌가

용산사(龍山寺)

사랑과 복을 비는 만수향 연기

잡다한 신(神)들을 까맣게 그슬리고

지폐를 태워버리는 불길

지붕 위로 피어올라

용(龍)이 되었다

바람을 삼키고

구름을 나꾸어채면서

당장이라도 하늘로 날아오를 듯

용마루 위에서 꿈틀거리는

간절한 소망들 때문에

대하(大廈)의 드높은 창문에서조차

이 사원(寺院)을 내려다볼 수 없다

올려다보아야 한다

새 기르기

뒷문 삐거덕 열리면
아줌마가 부르기라도 한 듯
새들이 우르르 날아 내려와
오동나무 아래 쓰레기터에서
곁밥을 먹는다
까치는 꽁치 찌꺼기를 좋아하고
비둘기는 콩나물 대가리를 집어먹고
참새는 밥 알갱이를 줍는다
왁자지껄 떠들어대지 않고
먹이 때문에 다투지도 않는다
한바탕 먹는 일이 끝나면
날갯소리 슉슉거리면서
추녀 끝이나 나뭇가지에 올라앉아
부리로 깃을 다듬거나
모여서 재잘거린다
서로 아픈 곳을 쪼아대지 않고
자연스럽게 어울려 살아가는 새들이
때로는 새장 밖에서
아니 창밖에서

새장 안을

아니 우리 집 안을

들여다보기도 한다

오우가(伍友歌)

바위와 나무가 가려주었지
우리가 처음으로 사랑을 나누던 때
닫힌 스틸도어나 내려진 커튼이 아니라
널린 바윗돌과 대나무 잎들이 우리를 감추어주었지

소나무 숲 속에 엎드려 숨죽이던 때
끈질기게 뒤쫓는 그들로부터 우리를 지켜준 것은
수류탄이나 기관총이 아니라
귀가 멍멍하게 쏟아져 내리는 폭포 소리였지

북두칠성을 뒤돌아보면서
굶주린 발길을 해남(海南)으로 재촉하던 때
어둠 속에서 우리를 이끌어준 것은
강철 같은 이념이 아니라 희미한 달빛이었지

이끼

구르는 돌에 이끼가 끼지 않는다는 옛말은 이제 맞지 않는다.

이끼는 나무껍질이나 바위 틈에 생긴다고 생각했던 것이 잘못이었다.

시커멓게 더럽혀진 바닷물이 역한 냄새를 풍기는 항구에 가보면, 강철로 만든 선박의 옆구리에도 이끼와 조개가 붙어 있고, 철 따라 태평양을 북상하는 고래의 등허리나 나일강의 악어 발톱 사이에도 이끼가 끼어 있다는 사실을 옛날에는 몰랐기 때문이다.

기계문명과 산업사회의 급격한 발달로 자연은 나날이 훼손되어가는데, 유독 이끼만 이에 아랑곳없이 엄청난 기세로 널리 퍼져서, 요새는 종합병원의 대형 냉방기 속이나 섭씨 1800도의 용광로 내부 및 핵폐기물을 밀봉한 특수 드럼통 안에서도 이끼가 자란다고 하며, 점보제트기의 날개 속이나 지구로 귀환한 인공위성의 부품 속에서도 신종 이끼가 발견된다고 한다.

우리의 발가락이나 겨드랑이나 사타구니에서 번식한 지는 이미 오래되었고, 내장 속까지 깊숙이 침투하여 목숨을 빼앗기도 하며, 무덤 속의 시체에까지 기생하는 이끼여.

죽음을 두려워하지 않는 가장 끈질긴 삶이여.

짓눌려도 살아가는 우리의 넋이여.

아니리 8

아버지의 헌 옷 줄여서 입고
배추꼬랑이 깎아 먹으며 겨울밤 지샐 때도
까까머리 동생들은 잘 자랐고
누이들은 사직공원에서 데이트를 즐겼다
창피할 것 없었다
가난은 곧 양심이었고
우리 모두의 재산이었다
이 마지막 재산을 팔아
비디오와 에어컨과 스포츠카를 사들인
아들딸들아
아무래도 떳떳지 못해
짙은 화장으로 얼굴 감추고
배우나 가수처럼 변복을 걸치고
증권시장을 드나들 필요가 어디 있느냐
되찾아야 할 것은
며느리와 사위들아
부모가 남긴 재산이 아니라
잊어버린 가난이다

노동절

오늘은 주차장이 텅 비었다
관리인도 나오지 않았다
오일 자국으로 얼룩진 광장에
온종일 햇볕이 내리쪼이고
가끔 비둘기가 모이를 찾고
바람이 지나간다
일하는 사람들 눈에 띄지 않고
널려진 물건들 하나도 없이
하늘 아래 비어 있는 땅
부당한 온갖 점거를 벗어나
잠시 제자리를 찾아
쉬고 있는 이 빈터를 오늘은
주차장이라고 부르지 말자

그이

온갖 몸부림도 소용없었다
발 디딜 곳도 없이
손 잡을 데도 없이
파도에 휩쓸려
허우적거릴 뿐
함께 온 수영 선수도
건장한 바다 경찰도 소용없었다
가물가물 해변이 멀어지고
별별 모습들 다 자맥질했다
세상이 온통 나의 몸에 매달려
바다가 곧 저승이라고
단정했을 때
구명대를 던져준 사람
그이가 누구였는지
나는 모른다
모른 채 살아가고 있다
그러나 세상이 온통 나의 마음을 짓누르고
지금이 그대로 계속되어
이렇게 결국 끝나리라고

단정하게 될 때면

구명대를 던져준 사람

그이를 다시 생각한다

아직도 누구인지 내가 모르는

사람

그이와 같은 사람들이

이 세상에 가득하리라 믿으며

물길
(1994)

까치의 고향

아침 까치 짖는 소리
뒤꼍 장독대를 울린다
반가운 손님 찾아올 징조는 옛말
낡은 기와지붕 아래 이제는
떠나야 할 사람뿐이다
앞마당에 잡초 가득 퍼지고
주저앉은 헛간에 녹슨 경운기
무엇을 더 기다리겠나
강아지 밥그릇에 말라붙은
까만 콩 두 개
내려다보고 감나무 가지에서
꽁지 흔들며 짖어대는
까치 한 마리뿐이다

노루목 밭 터

봉구네 집이 헐값에 팔고 떠난
노루목 밭 터에 언제부턴가
시퍼런 드럼통과 시뻘건 양철 박스
하나둘 뒹굴더니
옛날 노적가리보다 훨씬 높게 쌓여
사방에 응달을 펼치고
고약한 냄새 풍겨
까마귀조차 내려앉지 않는다
양조장집에서 공장 터로 사들인
사슴배미 논자리도 언제부턴가
부서진 자동차 뼉다귀와 못쓰는 타이어
고장난 냉장고와 가스레인지
엔진오일 찌꺼기와 깨어진 유리 조각들로
발 디딜 수 없는 쓰레기터 되었고
동네 우물물에서 석유 맛 난다
한밤에도 메밀꽃 환하던 밭 터
여름에는 우렁을 건지던 논배미
두엄 썩는 마당에 쇠방울 소리
이제는 모두 TV 화면 속으로 사라졌다

P

보리밭, 밀밭, 배추밭, 무밭, 고추밭, 깨밭, 마늘밭, 콩밭, 감자밭, 고구마밭, 원두밭, 수수밭, 메밀밭 들이 주차장으로 바뀌었다.

곡식이나 푸성귀나 원두를 가꾸어 장에다 내다 팔던 순박한 농민 박 씨가 비닐하우스에 특작물을 재배하다가 실패한 다음, 불도저로 농토를 밀어버리고, 그 자리를 주차장으로 만든 것이다.

흙과 햇볕과 빗물과 바람을 사랑하던 박 씨의 구릿빛 얼굴에서 소탈한 웃음이 사라지고, 챙 넓은 운동모를 눌러쓴 그의 두 눈이 주차 감시인의 날카로운 눈매로 바뀌었다.

까슬까슬한 겉보리와 부드러운 깨, 새카만 약콩이나 빨간 고추, 커다란 수박이나 알 굵은 감자를 만지던 손에 돈때가 묻으면서, 자동차 수효와 주차 시간을 헤아리는 곱셈만이 그의 머리를 가득 채우게 되었다.

주차장을 표시하는 큼직한 P자는 이제 박 씨의 이니셜을 뜻하는 것처럼 보였다.

자동차 매연과 엔진오일 자국으로 색깔이 변해가는 박

씨의 땅이 시간과 야합하여 생돈을 낳는다는 소문은 곧 주변에 널리 퍼졌고, 어느 날 주차객을 가장한 피라미 강도가 지프를 몰고 나타났다.

흙으로 돌아갔어야 할 순박한 농민의 피가 자동차 윤활유와 섞여서 더럽혀진 것은 누구의 슬픔이라 할 것인가.

형이 없는 시대

형처럼 믿고 싶은 선배
밤새워 이야기하고 싶은 친구
아들처럼 돌보아주고 싶은 젊은이
옛날에는 있었는데
웃음 섞인 눈길
따뜻한 물 한 모금
옛날에는 있었는데
이제는 모두 돈을 달라고 한다
외상도 안 된다고 한다
계산을 끝내고 혼자서
전철이 머리 위로 지나가는 굴다리
시커먼 물방울 떨어지는
어둠 속으로 사라지며
알아듣지 못할 유언을 흘리는 저 사람
낯익은 얼굴 구부정한 어깨
매일 거울 속에서 그를 본다
형이 되어버린 나를 본다

미끄럼

달동네 놀이터에서 코흘리개 꼬마들
미끄럼 타기 바쁘다
미끄럼틀 계단을 종종종 올라가
쭈르륵 미끄러져 내려온다
아침부터 저녁까지 온종일
바지 엉덩이가 해지도록
미끄럼 탄다 너희들
왜 자꾸만 미끄러져 내려오느냐
아무도 묻지 않는다

머나먼 알프스 높고 높은
마터호른 근처까지 올라와서
눈부시게 하얀 빙하의 벌판
거침없이 미끄러져 내려간다
온 세상 곳곳에서 몰려든 스키어들
개미보다도 훨씬 작아 보이는
형형색색 장난꾸러기들
솟아오른 아버지의 드넓은 가슴팍에서
흐르는 어머니의 부드러운 겨드랑이에서

가파른 눈언덕 아래로 겁도 없이
미끄럼 탄다 당신들
왜 자꾸만 미끄러져 내려가는 거요
아무도 묻지 않는다

어느 선제후의 동상

한때 그는 이 나라를 다스리던 막강한 선제후(選帝侯)였다.

지금도 시청 앞 광장 한가운데 아득히 높은 곳에서 그는 이 도시 전체를 한눈에 내려다보고 있다.

그의 동상을 올려다보면, 누구나 경탄을 금할 수 없다. 높이 135미터의 원주 위에 저 육중한 구리 덩어리를 올려놓은 당시의 기술도 놀랍거니와, 그 오랜 세월을 비바람 속에서 의연하게 수직으로 서 있도록 만든 옛사람들의 솜씨 또한 뛰어나지 않은가.

저것은 그러나 역사의 가혹한 유물임에 틀림없다.

새들이 콧잔등에 똥을 깔겨도 눈 한 번 깜빡거리지 못하고, 발이 저리고 겨드랑이가 가려워도 손가락 한 개 움직이지 못하고, 저 아슬아슬한 기둥 꼭대기에서 몇 백 년을 현기증에 시달리고 있으니 말이다.

엄청난 재력과 부역을 동원하여 스스로의 형벌까지 마련해놓은 위대한 선제후여.

바닥

낮게 드리운 구름

양 떼들 한가롭게 풀 뜯는 초원

짙푸른 숲과 영롱한 새소리

뷔르바흐* 마을의 박공지붕과 교회 첨탑

파란 눈의 노랑머리 아가씨들

모두가 내 고향과 다른데

산책길에 밟히는 민들레 질경이 억새풀

길바닥 잡초들은 똑같다

군데군데 드러난 땅바닥

진흙 색깔은 어디나 똑같다

* Bürbach. 독일 지겐(Siegen) 대학 객원교수로 필자가 거주했던 곳.

어둠 속 걷기

어둠이 내리기 시작하면, 그들은 눈을 비비며 깨어나는 모양이다. 그들 가운데는 내가 아는 얼굴도 많다.

장악원장 할아버지는 거실 안락의자에 앉아 근엄하게 수염을 쓰다듬고 있다. 누하동 할머니는 끊어진 전구를 양말 속에 넣고, 구멍 뚫린 뒤꿈치를 깁고 있다.

정치에서 손을 뗀 뒤부터, 아버지는 옛날 책력을 뒤적거리거나, 앞뜰 채마밭을 가꾸며 소일한다. 큰 항아리에서 바가지로 쌀을 퍼내다가 갑자기 돌아가신 어머니는 아직도 광 문앞에 쓰러져 있다. 누님은 큰절을 되풀이하며, 자꾸만 지장보살을 되뇐다.

시역의 총탄에 맞아 피를 흘리는 김구 선생과 교수형을 당한 죽산의 데스마스크도 보인다. 4·19 때 죽은 친구들이 여전히 젊은 모습으로 왔다 갔다 하고, 분신자살한 투사들은 중화상으로 괴로워하고 있다.

이처럼 한밤중에는 우리 집 안이나 마당뿐만 아니라, 서울과 시골, 산과 들, 강과 바다가 온통 죽은 이들로 가득차 있어, 이들을 피하여 발걸음을 옮기기가 여간 힘들지 않다.

캄캄한 어둠 속을 걸어가기는 그래서 어려운 것이다.

물길

언젠가 왔던 길을 누가
물보다 잘 기억하겠나
아무리 재주껏 가리고
깊숙이 숨겨놓아도
물은
어김없이 찾아와
자기의 몸을 담아보고
자기의 깊이를 주장하느니
여보게
억지로 막으려 하지 말게
제 가는 대로 꾸불꾸불 넓고 깊게
물길 터주면
고인 곳마다 시원하고
흐를 때는 아름다운 것을
물과 함께 아니라면 어떻게
먼 길을 갈 수 있겠나
누가 혼자 살 수 있겠나

화초의 가족

아파트로 이사 온 뒤부터 화분을 줄이게 되었다.

지난해에는 선인장과 마령초가 바깥에서 겨울을 맞았다. 가을에 안으로 들여놓지 않으면, 화초는 밖에서 얼어죽을 수밖에 없다.

올가을에도 제라늄과 문주란이 안으로 들어오지 못했다. 오디오 시스템과 퍼스널 컴퓨터와 헬스 기구가 늘어나는 바람에, 화분을 들여놓을 자리가 줄어들었기 때문이다.

그래도 치자와 오죽, 벽오동과 감귤나무, 소철과 포인세티아는 좁은 거실을 가득 채우고, 저마다 품위를 자랑한다. 이것들은 이제 우리 아이들보다도 나이가 많다.

전자 제품과 인스턴트식품만 좋아하는 아이들은 이 오래된 화초들을 싫어한다. 가로거친다 흘겨보고, 내가 없으면 물도 주지 않는다.

내년 가을에는 어느 화초가 바깥에서 겨울을 맞게 될지. 누런 잎을 따주면서, 나는 차츰 화초의 가족이 되어가고 있다.

자리

시커먼 매연을 뿜으며 출발한

영구차는 다리를 건너

잠시 멈칫거리다가 화살표 신호를 받고

좌회전하여 서쪽으로

멀어져갔다

여든세 해 동안 살아온 동네를

오늘 아침 그렇게

떠나가버렸다

괴로움과 외로움에 시달려

삭정이처럼 여위었던 노인이

믿을 수 없이 넓은

자리를

비워놓은 채 훌쩍

사라져버렸다

그 자리 채우려면 앞으로

오랫동안 많은 사람이

잠 못 이루고

숨어서 눈물 흘리고

마음을 뒤척여야 할 것이다

나쁜 놈

화장을 짙게 하는 아내
요통이나 견비통으로 고생하는 동창생들
생명보험에 든 선배와 정년 퇴직한 스승
예수를 보았다는 어머니
모두 젖혀놓고
한마디의 다툼도 없이 그는
훌쩍 떠나갔다
지독한 냄새 풍기는
자기의 시체 앞에다
우리들 모두 엄숙한 얼굴로
무릎 꿇게 하고
혼자서 훌쩍 가버렸다
아직도 오래 치욕스런 나날을 살아갈
그 많은 동시대인들에게
짓궂게 낄낄 웃는 사진 한 장
남겨놓은 채
포클레인이 잠깐 사이에 파놓은
흙구덩이 속에
묻혀버렸다

산과 들 온통 덮어주는
함박눈의 축하까지 받으면서

라인 강

아스만스하우젠*의 아침
크로네호텔 창밖으로
폭넓게 흐르는 라인 강
포도주에 곯아떨어진 한밤중에도
강물은 잠들지 않고 흘렀구나
지나간 20년 내가 없는 동안에도
넘칠 듯 가득히 흘러갔구나
네가 있고
내가 없음이여
하룻밤 묵고 떠나며
끊임없이 흘러갈 저 강물이 아까워
자꾸만 뒤돌아본다

* Assmannshausen. 중부 라인 강변의 작은 관광도시.

세검정 길

북악터널 확장 공사가 한창이다
폭파음 산을 울릴 때마다
세검정 가던 옛길
가슴속으로 뻗어나간다
자두꽃 앵두꽃 활짝 핀 날이면
닥종이 만드는 냄새 썩은 굴비 같던 길
시냇물 징검다리를 건너면
능금나무 과수원
걷다 보면 갑자기 산이 막아서던
좁은 골짜기 아름다웠지
돌이켜볼 겨를도 없이
신호등이 바뀌고
기억의 검은 터널로부터
매연을 뿜으며 화물 트럭과
버스 승용차들 앞다투어 달려나온다
추억을 단속하듯 곳곳에서
범칙금 딱지를 떼는 교통순경들

갈잎나무 노래

갈잎나무 그림자들 가을이 깊어
갈수록 흐려지고
헤아릴 수 없이 많은 나뭇잎들
이제는 나무에 매달리지 않고
한 개도 남지 않고
떨어진다 울긋불긋
흩날리며 미련 없이 낮은 곳으로
내리는 나뭇잎처럼 떨어져
나도 이제는 훌쩍 떠나고 싶지만
아스팔트 위에는 싫고
콘크리트 지붕 위에도 싫고
산골짝이나 들판에 쌓이고 싶은
마음 남았으니 아직도
나뭇잎처럼 되기는 멀었다
갈잎나무처럼 살기는 틀렸다

열대조(熱帶鳥)

사자들이 배불리 먹고

남긴 얼룩말의 피투성이 잔해

하이에나와 독수리 떼가 뜯어 먹고

남은 가죽과 뼈다귀

파리와 개미들이 모조리 없앨 때까지

초원에 해가 지고

밀림에 달이 뜰 때까지

참을 수 없이 무더운 하루를

긴 꼬리 드리운 채

우아한 몸매로 나뭇가지에 앉아

견디며 바라보는

아니 일생을 그렇게

바라보며 사는

열대조 한 마리

그리마와 귀뚜라미

기다란 그리마 한 마리가
다리 위로 기어올라오는 바람에
어제는 저녁잠을 설쳤고
오늘은 커다란 귀뚜라미가 머리맡으로
뛰어다니며 새벽잠을 깨워놓았다
우리 집 안방에서 겨울을 나고 있는
이 징그러운 버러지들아
아직은 그냥 내버려두고 있다만
눈이 녹고
봄바람이 불어오면 네놈들을
밖으로 쫓아낼 터이다

가진 것 하나도 없지만

(1998)

중얼중얼

차렷!
한마디로 연대 병력을 움직이고
목숨을 바쳐 싸우겠습니다 여러분!
목쉰 부르짖음으로 군중을 열광시키고
사랑해 당신을
달콤한 속삭임으로 흔들리는 마음을 사로잡고
자장면 하나에 짬뽕 둘!
경제 성장률 하향 조정! 임금 총액 동결!
예수를 믿지 않으면 지옥에 갑니다!
자반고등어나 먹갈치 사려!
저마다 목청 높여 부르짖는데
중얼중얼
혼자서 지껄이는 말
누가 들으려 하겠는가
어디를 가나 그래도 바람결에 실려
끊임없이 중얼거리는 소리
들리지 않는 곳 없고
한평생 중얼거리는 사람 또한
없지 않으니

알 수 없는 일이다

중얼중얼중얼……

대성당

161미터 종탑 끝까지
그 많은 벽돌을 한 개 또 한 개
500년 동안
수직으로 쌓아올렸다
그 많은 벽돌공의 손끝으로
완공된 대성당에서
100년이 지난 오늘도 성스러운
미사를 올리고 있다
입구에서는 건축 노동자들이 머리띠 두르고
연좌데모를 하는 중이고

석근이

여의도 지하철 공사장 지나가다가
길이 막혀 철판 위에 서 있으려니
좌회전 우회로를 가리키는 늙은 인부 한 사람
거무튀튀한 얼굴과 귀에 익은 쉰 목소리
안전모 쓰고 노란 깃발 흔드는 모습
돌아보니 틀림없는 석근이
국민학교 시절 닭쌈 잘하던 놈
돌처럼 무겁게 시골에 뿌리박고
농사꾼으로 한평생 살아온 친구
지난가을 시제 때 말했었지
쌀농사 공들여 지어봤자
한 가마에 십이만 오천 원
한 섬지기라야 별것 아니여
겨우 먹고 살 수는 있다 해도
아이들 가르치기는 힘들어……
고향의 담북장과 동치미 맛
쉰 살이 넘도록 지켜왔는데
넓은 멧갓과 적잖은 논밭 놀려둔 채
일당 오만 원의 일용 잡부가 되어

마침내 서울로 올라온 석근이
안전모와 작업복이 어색한 농부

탄곡리에서

송전탑보다도 높이 쌓인 석탄더미들
사이로 골짜기에 슬레이트 지붕 다닥다닥
엉겨붙은 탄곡리 마을
손수레도 다닐 수 없는 좁은 길
시커먼 땅바닥에 시멘트 부대 펼쳐놓고
취나물을 말린다
인디언 얼굴을 흉내 낸 아이들이
끊어진 그넷줄에 매달려 비명을 지르고
담배 가게에서는 여자들 싸우는 소리
머리 감고 퇴근하는 노동자들
일터로 다시는 돌아가지 않을 듯
단호한 걸음걸이로 언덕길을 내려온다
나환자 수용소에 들어온 관광객처럼
미안하게 숨죽이고 걸어가려니
오랜 여행에 때묻은 남방셔츠조차
너무나 하얗게 느껴지는 곳
주인도 손님도 없는 동네 입구에서
가슴 깊숙이 날아드는 석탄 먼지
떠나는 발걸음을 무겁게 한다

주머니 없는 옷

결국은 먼 길을 떠날 터이니
좋은 옷감으로 큼직하게
여행복을 장만한 것은 잘했네
하지만 여비조차 필요 없는 여행에
주머니가 왜 그렇게 많은가
맵시 나게 덮개를 만들어 붙이거나
단추로 채우기도 하고
돈지갑이나 여권을 넣을 속주머니는
아예 지퍼로 잠글 수 있도록 하고
크고 작은 주머니가 모두 합쳐서
스물세 개나 달렸다니
아무리 유행이라 해도 너무 많지 않은가
따르던 무리도 별다른 소용 없이
어차피 빈손으로 홀로 떠날 길이라면
마지막으로 입고 갈 옷에 왜
그 많은 주머니를 만들었단 말인가
주머니 없는 옷 한 벌이면 될 것을

바지만 입고

구호 물자 나왔다는 소식 듣고
아랫말로 달려가 어머니가 공짜로 얻어온
헌 바지 한 벌
얼룩진 벽돌색 골덴 바지
미국 아이가 입다가 버린
이 멜빵바지 한 벌을 기워 입고
신작로 진흙 길 십 리를 걸어서
국민학교 오륙 학년을 다녔다
(반세기가 지난 뒤 그 바지 값을
유니세프 구좌에 몇 차례 넣어주었지)
미국에서 쓰레기로 버린 블루진
더러운 청바지를 헐값으로 수입해서 요즘은
한 벌에 18만 원씩 다투어 사 입는다고
찢어서 자랑스럽게 입고 다닌다고
패션이라면 목숨도 내놓을 세상
중요한 것은 그저 하반신뿐인가
디디티 살충제를 몸에 뿌리던 옛 시골 마당에서
검은 머리에 노랑색 물들이는 서울의 골목길까지
우리는 겨우 바지만 입고 달려왔는가

동해로 가는 길

동해로 가는 길 곳곳에
바다가 있지
설악산 넓고 깊은 골짜기
바위와 나무와 돌
제멋대로 널려진 채
시냇물 흐르다 잦아들다
그대로 있지
서른세 해 전에 올라갔던 울산바위
우람하게 버티어 선 기암괴석도
있는 그대로 보기 좋군
바람이 머물다 가는 소나무 숲
끊임없이 몰려와 허옇게
소리치는 파도
모두들 있는 곳이 제자리
제자리에 편안히 있는데
산을 깎아내려 길을 넓히고
바다를 메워 도시를 만들어도
달려와서 푸근히 쉴 자리
우리는 찾기 힘들군

길을 물으면

길을 물으면 누구나 모른다는 곳
신흥 도시 조성 공사 한창 벌어진 현장
너머로 용머리 옛 마을 나타났다
오래된 기와집 용마루 위에 쑥대가 자라고
초가집 지붕에 박넝쿨 우거진 풍경
민둥산 깎아내린 흙더미 속에서
삼국시대 옹기도 몇 점 나왔다
마지막 언덕과 숲까지 불도저로 밀어버리고
골짜기를 쓰레기로 메운 다음
바둑판처럼 아파트 단지를 만드는 현장
속으로 용머리 옛 마을이 사라졌다
진흙 담벼락에 삐걱거리는 싸리문
장독대에 채송화 피어 있는 집 지나서
꼬불꼬불 골목길을 천천히 돌아가던 바람
갑자기 고층 건물 모서리에 부딪혀 울부짖고
밤이면 제 집 못 찾는 사람 늘어나는 용두시
길을 물으면 아무도 대답하지 않는 곳

시름의 도시

황해 바다 밀물과 썰물 날마다
드나들며 큰물 한 자락 멀리서
바라보는 위안을 주던 갯고랑에
둑을 쌓아 물길 막고
땅을 만들어 지도를 바꾸었다
게와 망둥이 숨어 살던 갯벌 사라져버리고
갈매기 떼 자취 감추고
정유 공장 짙은 연기만 치솟아 오른다
큰 산을 뭉개어 논밭 메우고
마을 뒤 성황당 나무마저 잘라버리고
벌판에 들어선 아파트 단지
까치집 깃들일 미루나무 한 그루 없고
도로와 공터는 자동차로 뒤덮여
어린이 놀이터조차 없다
간척 지구 담수호에 폐유와 오수가 고여
역겨운 냄새 풍기는 시름의 도시
머지않아 인구 백만을 넘기면
숲도 산도 바다도 모르는 이곳
아이들이 요란스럽게 오토바이 몰고 다니며

주인 없는 폐농 헛간에서 비디오 흉내를 내고

조상의 사당(祠堂)에 못을 박지 않을지

공시지가는 해마다 높아지고

바퀴벌레와 솔잎혹파리는 나날이 늘어가고

새밥

감나무에서 짖어대는 까치는
곧장 마당으로 날아오지 않는다
우듬지에서 잠깐 망설이다가
윗가지로 옮겨 앉고
맨 아래 굵은 나뭇가지로 깡충 뛰어
마치 계단을 내려오듯
새밥그릇으로 내려앉는다
조심스럽게 몇 번 쪼아먹고
금방 날아가버린다

전신주 꼭대기나 연립주택 추녀에서
먹을 것을 보면 비둘기는
쉿쉿 날개를 퍼덕이며
거의 수직으로 내려온다
새밥그릇을 다 비울 때까지
게걸스럽게 먹어댄다
사람이 가까이 가도
날아가지 않는다

고양이가 오는 것은 본 적이 없다
참새들이 짹짹거리는 소리에
창밖을 내다보면 어느 틈에 나타났는지
앞발을 톡톡 털면서 얼룩 고양이가
새밥을 훔쳐먹고 있다
꼭 새밥이라 부를 필요도 없다
그저 배고픈 동물들에게 먹을 것을
나누어주려는 것밖에는

느릿느릿

가끔 다람쥐가 쪼르르 달려가는

전나무 숲 산책길을 가로질러

민달팽이 한 마리

기어간다

혼자서

가족도 없이

걸어잠글 창문이나

초인종 달린 대문은 물론

도대체 살면서 지켜야 할 아무런

집도 없이

그리고 안으로 뛰어 들어가거나

밖으로 걸어나올

다리도 없이

보이지 않는 운명이 퍼져가는 그런 속도로

민달팽이 한 마리

몸으로 기어간다

눈을 눕힌 채

생각도 없이

느릿느릿

시조새

아득한 옛날 이름 없는 원시림에서

둔중한 꼬리를 끌고 다니던

공룡에게도 머리가 있었다

길이 없는 질펀한 소택지에서

배를 끌고 기어 다니던

파충류에게도 꿈이 있었다

넘어지고 미끄러지고 울부짖으며 헤매다가

앞발을 들고 일어서서

사방을 두리번거리기도 하고

매달리며 떨어지며 가까스로

나뭇가지 위에 기어 올라가서

언덕 너머를 바라보기도 했다

멀고 높은 곳이 그들에게도 있었다

그렇지 않았다면 어떻게 하늘로

날아올라가 생명의 꿈을

화석에 남겼을 것인가

돌이 된 나무

저살핀 대추나무 같은 아버지의
팔뚝을 꺾어놓고
회오리바람처럼 사라진 아들딸들
담쟁이의 새순이 돋아나도록
그들은 돌아오지 않았다
어디선가 그 아들이 아버지가 되어
비바람 속에 밤을 지새우고
언젠가 그 딸이 할머니가 되어
겨울잠 자기를
삼천만 번쯤 되풀이하는 동안
마침내 돌이 되어버린
아득한 조상을
후세의 자손들은 알아보지 못할 것이다
그저 손가락질하면서
낄낄 웃거나
돌이 된 나무 앞에서
나처럼 사진이나 찍을 것이다

나무로 만든 부처

값을 깎아 가까스로 70달러에 산
인도네시아의 목각 불상
적도를 넘어 일곱 시간 날아오는 동안
연화대 바닥이 쩍 갈라졌네
누구에겐가 주어버리기엔
정교한 솜씨 너무 아까워
책상머리에 놓아두었네
두고 바라보았네
마호가니 나무의 조화일까
숨결과 눈길의 감응일까
어느새 갈라진 틈이 다시 아물어
이제는 그 흔적조차 찾을 수 없네
조그만 적갈색 불상
아무래도 나무를 깎아 만든 것 같지 않고
애초부터 부처의 모습으로 태어난 것만 같아
그 뜻을 헤아릴 수 없는데 언제부턴가
내 마음 한구석에 조그만 나무
부처가 들어와 앉았네

끝의 한 모습

천장과 두 벽이 만나는 곳
세 개의 평면이 직각으로 마주치는
방구석의 위쪽 모서리가
가슴을 답답하게 한다
빠져나갈 틈도 없이
한곳으로 모여
눈길을 막아버리는 뾰족한 공간이
낮이나 밤이나
나를 숨 막히게 한다
빗소리와 새들의 노래 들려오는 창문
산수화 한 폭 걸려 있는 넓은 벽
현등이 매달린 천장
이들이 마침내 이렇게 만나야 하다니
못 한 개 박혀 있지 않고
거미줄도 없는 하얀 구석에서
앞으로 갈 수도 없고
뒤로 물러설 수도 없는
꼭지점에서 멈추어
이렇게 끝내야 하다니

결코 바라보고 싶지 않은

낮의 한구석

그대로 눈길을 돌릴 수 없는

밤의 안쪽 모서리

쓸모없는 친구

거머리처럼 달라붙은 것이 아니었다
애초에 무슨 용건이 있어서
만난 것이 아니라는 말이다
빚 갚을 돈을 빌려주지도 못하고
승진 및 전보에 도움이 되지도 못하고
아들딸 취직을 시켜주지도 못하고
오래 사귀어보았자 내가
별로 쓸모없는 인간이라는 것을
그는 오래전에 깨달았고
나도 그것을 오래전에 알아차렸다
그래도 내가 모른 척하는 것을
그도 오래전에 눈치챘을 터이다
만나면 그저 반가울 뿐
서로가 별로 쓸모없는 친구로
어느새 마흔다섯 해 우리는
앞으로도 그렇게 살아갈 것이다

밤새도록 잠 못 이루고

밤새도록 잠 못 이루고, 기침을 하면서, 지나간 생애의 어둔 골목길을 더듬더듬 걸어갔다.

분명히 근처에 있을 전철역을 찾지 못하고, 미국식 고층 건물들이 위압적으로 늘어선 강남대로를 무작정 헤매기도 했다.

길을 물어볼 사람도 없었다. 외국인 노동자 몇 명이 못 알아들을 말을 지껄이며 지나갔을 뿐, 도대체 행인을 만나지 못했다.

하기야 지금까지 나를 스쳐간 사람들이 대부분 모르는 이들이었다. 아니면 사투리가 반갑고 음식 냄새가 구수해도, 경계해야 할 동포들이었다. 사람들이 잠들고, 돈만 깨어 있는 밤중에는 더욱 그렇다.

그런데, 불도 켜지 않은 채, 모서리 창가에 앉아, 밤새도록 구시렁거리는 저 노틀은 누구인가. 어느 집 어르신인가, 늙은 정년 퇴직자인가, 한 겁 많은 서민인가. 아니면 바로 나 자신인가. 그렇다면, 저 아래 어두운 골목길을 헤매고 있는 사람은 또 누구란 말인가.

누군가를 위하여

예컨대 자기의 남편을 위하여
아들딸을 위하여
어버이와 형제자매를 위하여
또는 병든 마음과 헐벗은 몸을 위하여
쫓기는 사람들과 억눌린 이웃들을 위하여
오로지 남을 위하여 살면서
정작 자신을 위해서는 너무나 무심했던
당신이 갑자기 떠나갔다
당신의 웃음 짓던 환한 모습
당신이 앉았던 풀밭의 움푹한 자리
당신이 쪼이던 가을 햇볕
당신이 부르던 정다운 목소리
모두 그대로 남겨놓은 채
혼자서 훌쩍 사라졌다
물이 되어 한강을 건너고
구름이 되어 북한산 연봉을 넘어서
서북쪽으로 날아가버렸다
어쩌면 몽골의 어느 초원에 풀을 눕히는
바람이 되었을 당신

또는 별이 되어 밤새도록
어두운 지붕들을 내려다볼 당신
아니면 안개가 되어
우리를 포근히 감싸줄 당신
당신을 나는 때때로 바라보기만 했는가
당신을 우리는 그저 떠나보내기만 했는가
당신이 입던 옷을 정리하고
당신이 남긴 돈을 은행에서 인출하고
당신이 오고 가던 길을 걸으며
당신이 언젠가 다시 나타날 것만 같아
우리는 자꾸만 되돌아본다
한없이 당신을 그리워하며 이제야 우리는
조금씩 달라지려 하는가 저마다
말없이 당신을 닮아가려 하는가

서울에서 속초까지

서울에서 속초까지 장거리 운전을 할 때
그를 옆에 태운 채 계속해서
앞만 보고 달려간 것은 잘못이었다
틈틈이 눈을 돌려 북한강과 설악산을 배경으로
그를 바라보아야 했을 것을
침묵은 결코 미덕이 아닌데……
긴 세월 함께 살면서도 그와
많은 이야기 나누지 못한 것은 잘못이었다
얼굴을 마주 쳐다보거나
별다른 말 주고받을 필요도 없이
속속들이 서로를 알고 있었기 때문이다
하지만 이해를 곧 사랑이라고 할 수는 없는데……
여름 바닷가에서 물귀신 장난치고
첫눈 내린 날 살금살금 다가가서
눈 한 줌 목덜미에 쑤셔 넣고 깔깔대던
순간들이 더 많았어야 한다
하다못해 찌개 맛이 너무 싱겁다고 음식 솜씨를 탓하고
월급이 적다고 구박이라도
서로 자주 했어야 한다

괜찮아 워낙 그런 거야 언제나

위안의 물기가 어린 눈웃음

밝은 목소리

부드러운 손길

포옹할 수 없는 기억

속으로 이제는 모두 사라져버린 것을

가진 것 하나도 없지만

가진 것 하나도 없지만
무명 바지저고리
흰 적삼에 검은 치마
맨발에 고무신 신고
나란히 앉아 있는
머슴애와 계집아이
사랑스럽지 않은가
착한 마음과 젊은 몸뚱이밖에는
아무것도 가진 것 없지만
이들이 부지런히 일하는 곳마다
땅에는 온갖 꽃들 피어나고
지붕에는 박덩이 탐스럽게 열리고
시원한 바람이 땀을 식히고
해와 달과 별들이 하늘에 가득하네
팔을 꽉 끼고 함께 뭉치면
믿음직한 두 친구
빰을 살며시 마주 대면
사이좋은 지아비와 지어미
아득한 옛날로 거슬러 올라가면

너와 나의 어버이
가진 것 하나도 없이 태어났지만
슬기로운 머리와 억센 손으로
힘들여 이룩한 것 많지 않은가
어느새 여기에 와 앉아 있네
우리의 귀여운 딸과 아들

처음 만나던 때

(2003)

끈

낡은 혁대가 끊어졌다
파충류 무늬가 박힌 가죽 허리띠
아버지의 유품을 오랫동안
몸에 지니고 다녔던 셈이다
스무 해 남짓 나의 허리를 버텨준 끈
행여 바람에 날아가지 않도록
물에 빠지거나
땅으로 스며들지 않도록
그리고 고속도로에서 중앙선을 침범하지 않도록
붙들어주던 끈이 사라진 것이다
이제 나의 허리띠를 남겨야 할
차례가 가까이 왔는가
앙증스럽게 작은 손이 옹알거리면서
끈 자락을 만지작거린다

아기 세대주

연이는 부지런한 아기
잠시도 가만히 있지 않습니다
서재로 올라와 할아버지에게
고양이와 물개와 곰을 그려달라고 합니다
통통통 거실로 내려가 할머니에게
돼지 삼형제를 읽어달라고 합니다
재빨리 부엌으로 달려가 아줌마에게
한 개만 한 개만 초코칩을 졸라대고
다시 하부지에게 올라갑니다
고양이 얼굴에 빨간 크레파스를 칠하고
할머니에게 내려가 막내 돼지가 지은
튼튼한 벽돌집을 들여다보고
빨래 너는 아줌마를 따라
마당으로 뛰어나갑니다
쉬지도 않고
낮잠도 안 자고
가족들을 번갈아 쫓아다니며
집안일 샅샅이 간섭하고
왜 왜 왜 자꾸만 물어서

식구들 꼼짝 못하게 합니다

바쁜 장난꾸러기 연이는

우리 집의 아기 세대주

초록색 속도

이른 봄 어느 날인가
소리 없이 새싹 돋아나고
산수유 노란 꽃 움트고
목련 꽃망울 부풀며
연녹색 샘물이 솟아오릅니다
까닭 없이 가슴이 두근거리며
갑자기 바빠집니다
단숨에 온 땅을 물들이는
이 초록색 속도
빛보다도 빠르지 않습니까

녹색별 소식

건너편 산비탈에 홀로 떨어져
탐스럽게 피어난
후박나무꽃
아무도 맡지 않는 그윽한 향기
환하게 날아 올라가
온 하늘에
녹색별 소식 퍼뜨리겠지
우리의 눈 코 입 귀 모두 막혀버렸지만
바다와 구름
나무와 꽃
여전히 살아 있다고

오뉴월

우리가 만들어낸 게임보다
아름답지 않습니까
장끼 우짖는 소리
꾀꼬리의 사랑 노래
뭉게구름 몇 군데를
연녹색으로 물들입니다
승부와 관계없이
산개구리 울어대는 뒷산으로
암내 난 고양이 밤새껏 쏘다니고
밤나무꽃 짙은 향내가
동정의 열기를 뿜어냅니다
환호와 야유와 한숨이 지나간 자리로
남지나해의 물먹은 회오리바람
북회귀선을 넘어 다가오는 소리
곳곳에 탐스럽게 버섯으로 돋아나고
돼지우리 근처 미나리꽝에서 맹꽁이들
짝 찾기에 소란스럽습니다
월드컵 축구 중계도 아랑곳없이
들판에서 온종일 땀 흘리는 보람으로

짙푸르게 우리의 여름이 익어갑니다

승리는 이렇게 조용히 옵니다

주차장의 밤

매연과 소음이 층층이 쌓인
주차 빌딩이 텅 비었습니다
별의별 주인들 싣고
형형색색 자동차들 모두 퇴근한 밤
출입구 비상등마저 꺼지고
철근 시멘트의 흉측한 몰골만 남았습니다
사람의 자취 끊어지면 저렇게 되는군요
캄캄한 고요가 깊어갈 때
시커먼 주차장 기둥 뒤에
신분을 알 수 없는 인적이 어른거리면
불안한 긴장이 어둠을 깨뜨리고
보는 이 마음까지 두려워집니다
사람의 형체 나타나면 이렇게 달라지는군요

문밖에서

일곱 번을 여닫아야 드나드는 숙소에
열쇠를 두고 나온 것은
(흔히 있는 건망증이지만)
물론 나의 잘못이었다
등 뒤에서 문이 쾅 닫히는 순간
열쇠는 나를 내쫓고
스스로 숙소의 주인이 되었다
낯선 거주자들은 관심 없이 내 곁을 지나갔다
내가 오기 오래전부터 있었을
그리고 내가 떠난 뒤에도 그대로 있을
값비싼 의류 상점들 예컨대
모피 외투 전문점 포겐슈타인이나
남성 의류 판매점 말로반 등
낯익은 간판들까지 갑자기
환영의 미소를 거두고
적의를 드러냈다
금방 이렇게 달라지다니
지은 지 한 세기 반이 지난 임대주택
한때 작곡가 주페와 시인 베르펠이 살았다는

합스부르크 시대의 건물 전체가
나를 모른 척했다
여권과 전화번호 수첩까지 안에다 두고
아는 사람 한 명도 없는 외국의 도시에서
숙소 밖에 갇혀버린 날
내가 묵을 숙소의 출입문 밖에서 나는
혼자 서 있었다
배척당하는 외국인의 동상으로
그 자리에 굳어버린 듯

이름

일찍이 내가 올라갔던 산
건너온 강
몇 개 되지 않지만 그 이름들조차
모두 기억하지는 못한다
내가 모르는 산과 강
지도에도 나와 있지 않은
수많은 얕은 언덕과 짧은 물줄기
어딘가 적혀 있지 않아도
그 많은 이름들
입에서 입으로 전해 내려온다
헤아릴 수 없구나
모르는 이름들
남들도 내 이름을 모른다
서로가 기억하지 못한다 해도
누군가 어디서 이름 부르고
때로는 자기의 이름 제각기 쓰면서
곳곳에 살아 움직이고
더러는 역사에 이름을 남긴다
술 한 번 함께 마셨다고

절에 한 번 같이 갔다고
그 이름을 유행 가수처럼 소리쳐
부를 수 있나
진실로 사랑하고 흠모하는 이를
강아지나 고양이 부르듯 그렇게
부를 수 있나
목청 높여 연호할 수 있나
가만히 입속으로 되뇌어보거나
가슴속에 간직한 채 혼자서
아껴야 할 이름

형무소 있던 자리

아직도 다도해 남쪽에서 봄이 머뭇거릴 때
서대문형무소 있던 자리에
때 이른 연녹색 잔디
목련꽃과 진달래꽃 앞질러 피어나고
통곡의 버드나무 가지에도 새잎이 돋아나며
독립문 주변의 고층 아파트까지 환하게 밝힌다
(새로 조성된 시립 공원에
비료를 많이 주었기 때문일까)
붉은 벽돌 감옥에 갇혀
평생을 굽히지 않고
눈을 뜬 채 세상 떠난 원혼들
그들의 못다 한 삶
한 맺힌 넋이
풀과 꽃과 나무로 해마다 앞장서
되살아나기 때문이다
여름내 안산 기슭 소쩍새 소리
인왕산 골짜기 부엉이 울음
유달리 슬프게 들리는 것도
그들이 부르지 못한 노래

삼켰던 울음

밤마다 쉰 목소리로 끊임없이

되살아나기 때문이다

아직도 높다랗게 솟아 있는 담장과 망루

소나무 측백나무 전나무 들 틈에서

가을이 깊어가도 시들지 않고

단풍나무 빨갛게 빛나고

은행잎들 눈부시게 노랗다

서둘러 내리는 어둠 아랑곳없이

농구공 잡기에 여념 없는 아이들도

그들이 하지 못한 놀이

마저 놀아주려고 태어난

후손들인가

누가 부르는지 자꾸만 3

누가 부르는지 자꾸만
그 넓은 안쪽을 들여다보고
안절부절 둘레를 빙빙 돌다가
다시 건너편을 바라보고
누구에게 대답하는지 자꾸만
그 움푹한 안쪽을 들여다보고
안타깝게 손짓하다가
갑자기 방책을 넘어
안으로 뛰어 들어갔다
누구를 껴안으려는지 한껏
두 팔 벌리고
구르듯 비탈을 달려 내려가
산굼부리 한가운데로
사라져버렸다
아물지 않은 상처를 뚫고
누가 끌어들이는지 홀연
옛 땅의 핏줄 속으로
빨려 들어갔다
쫓기다 쫓기다 마침내

굴속에서 죽은 이들이

수풀로 뒤엉켜

살아 있는 곳으로

똑바로 걸어간 사람

단풍잎과 은행나무잎이 가을바람에 흩날리는 어느 오래
된 절에서 그를 본 사람이 있다.

일주문을 지나서 사천왕문에 다다를 때까지 그는 직선
을 그어놓고 그 위를 밟으며 가듯, 곧바로 걷고 있었다는
것이다. 다리를 쩍 벌리고 여덟팔자걸음을 걷는 관광객들
틈에서, 그는 준수한 사슴의 모습처럼 환하게 눈에 띄었을
것이다.

그가 결코 직선으로 걷는 연습을 한 것은 아니라고 믿
는다. 그렇지 않아도 그는 평생을 똑바로 걸어온 사람이기
때문이다.

속임수도 에움길도 모르고 오로지 한 길을 뚜벅뚜벅 걸
어온 그는 그렇게 우리 곁을 지나갔다. 조금도 서둘지 않
고 똑바로 걸어서 우리를 앞서더니, 어느새 까마득히 멀어
지다가, 갑자기 사라져버렸다. 우리는 말을 잃고, 홀린 듯
이 그쪽을 바라보았다. 아무런 자취도 보이지 않았다.

안타깝게도 우리는 그가 떠난 것을 너무 늦게 알았던 것
이다.

나중에 어느 천주교 성지에서 여전히 꼿꼿한 자세로 걸어가는 그의 모습을 보았다는 사람도 있다.

언젠가 갑자기 그와 마주치게 되지 않을지, 헛된 희망을 품고, 우리는 오늘도 그를 뒤따라가고 있다.

낙엽을 밟고 가는 그의 발소리나, 그의 카랑카랑한 목소리가 저 앞에서 들려오기를 기다리는 마음 간절하다.

어쩌면 그것은 우리의 뒤쪽에서 곧바로 눈길을 걸어오는 젊은 목소리로 들려올지도 모른다.

보리수가 갑자기

바람 한 점 없이
무더운 한낮
대웅전 앞뜰에서 삼백 년을 살아온 나무
엄청나게 큰 보리수가 갑자기
움찔한다
까치 한 마리가 날아들어
어디를 건드린 듯
하기야 급소가 없다면
벗어나야 할 삶도 없겠지

누런 봉투의 기억

흔하디흔한 누런 봉투였지요
손때 묻고 귀퉁이가 해어진
그 누런 봉투가 보이지 않았습니다
육십 년 생애를 담아놓은 사진들
봉투째 쓰레기 더미로 사라진 것입니다
사오십 년 전의 또렷한 모습들
기억 속으로 들어가버린 것입니다
컴퓨터에 저장하지 못했다고
안타까워하지 마십시오
클릭 한 번 잘못으로
몽땅 날아갈 수도 있습니다
사진이나 계약서나 값진 유물은
순식간에 잃어버릴 수도 있습니다
가물가물 멀어져가지만
희미한 기억 속이 가장 안전하지요

일주문 앞

갈잎나무 이파리 다 떨어진 절길
일주문 앞
비닐 천막을 친 노점에서
젊은 스님이
꼬치오뎅을 사 먹는다
귀영하는 사병처럼 서둘러
국물까지 후루룩 마신다
산속에는 추위가 빨리 온다
겨울이 두렵지는 않지만
튼튼하고 힘이 있어야
참선도 할 수 있다

4분간

지평선의 낙조는 외롭습니다

아무도 창밖을 내다보지 않고

비디오와 컴퓨터 화면만 들여다보니까요

1분씩 1분씩 힘들게 고비 사막을 통과한 점보 여객기는

캄캄한 시베리아 밤하늘을 날아서

이제 예카테린부르크 상공을 지나갑니다

목적지까지 소요 시간 4시간 39분

고도 10,700m

바깥 온도는 $-60°C$

우랄 산맥을 넘으려면 기체가 좀 흔들릴 것입니다

시속 850km로 날아가도

시간은 더디게만 흘러갑니다

목적지까지 소요 시간 4시간 35분

4분이 지나갔습니다

착륙할 시간이 4분 빨라진 셈이지요

그만큼 여생이 줄어든 것입니까

영원히 이륙할 시간이 그만큼

다가온 것입니까

바다와 노인들

바닷가 외딴 마을의 길가 벤치에 노인 세 사람이 앉아서 무료하게 담배를 피우고 있다. 어부 출신으로 보인다. 소주를 마시기에는 아직 이른 시각이다. 그들은 서로 이야기도 나누지 않고, 바다를 바라보지도 않는다.

바닷가를 거닐며 파도 소리에 귀 기울이는 관광객이나, 롤러스케이트를 배우는 동네 아이들만 가끔 쳐다볼 뿐.

해풍에 깃을 씻은 까치들이 길가의 목책 난간에 내려앉아 바다와 노인들을 번갈아 바라보다가, 사람이 지나가면 소나무 가지로 올라앉는다.

인생의 남은 시간이 흘러가는 소리 들리고, 그 모습이 보이는 것만 같다.

담배와 술에 찌든 이 노인들 틈에 끼어 앉아, 나도 외지에서 온 친구가 지나가는 것을 무심하게 바라보고 싶어진다. 나 같으면, 행인보다는 바다를 더 오래 바라볼 것이다.

그래도 될까. 내가 용기를 내어 접근하자, 그들은 무엇을 물으려 하느냐는 눈초리로 쳐다본다.

여기서 돌아서면 안 될 것 같아, 또 한 발짝 그들에게 가까이 간다. 어느 틈에 그들은 네 사람으로 늘어났다. 안경을 쓴 낯익은 얼굴도 그 가운데 있지 않은가.

나는 나에게로 바짝 다가선 셈이다.

미룰 수 없는 시간

야채샐러드에 안심구이를 곁들여 붉은 포도주 한 병을
다 비운 것이 잘못이었다.

그들이 나타난 것이다.

최근에 나온 동창생 명부를 던져주고, 그들은 나에게 친
구 열 명을 뽑아내라고 했다.

동창생 가운데 이미 오분지 일이 세상을 떠났는데, 그
나머지에서 또 열 명을 추려내라는 것이었다. 나로서는 불
가능한 일이었다.

하지만 피할 수 없는 상황이었다.

내 자신을 그중의 한 명으로 넣는 대신, 나머지 아홉 명
은 뽑을 수 없다고 나는 완강하게 거부했다. 아무리 그들
이 위협해도 나로서는 아무도 거명할 수 없었기 때문이다.

미룰 수 없는 시간이 다가오고 있었다.

잠들게 될지, 깨어나게 될지, 알 수 없는 순간이었다.

시간의 부드러운 손

(2007)

춘추(春秋)

창밖에서 산수유 꽃 피는 소리

한 줄 쓴 다음
들린다고 할까 말까 망설이며
병술년 봄을 보냈다
힐끗 들여다본 아내는
허튼소리 말라는
눈치였다
물난리에 온 나라 시달리고
한 달 가까이 열대야 지새며 기나긴
여름 보내고 어느새
가을이 깊어갈 무렵
겨우 한 줄 더 보탰다

뒤뜰에서 후박나무 잎 지는 소리

청단풍 한 그루

물 한 번 주지 않았다
타이어 고무줄로 뿌리를 칭칭
동여맨 채 바싹 말라버린
어린 나무 한 그루
신축 건물 외벽과 시멘트 블록 담 사이
마른땅에 되는대로 꽂아놓고
준공검사 끝나자마자
시공업자는 서둘러 철수했다
그리고 긴 가뭄
비 한 번 오지 않았다
봄이 되어도 꽃 필 줄 몰라
죽은 줄 알았다
목숨의 흔적도 찾을 수 없이
4월이 가고
초여름
어느 날 갑자기
쌀알처럼 작은 꽃과 연녹색 잎
한꺼번에 돋아났다
강인하구나

좁은 땅에 한갓 나무로 태어났어도

광야의 꿈 키우며

제 몫의 삶 지켜가는

청단풍 한 그루

가을 거울

가을비 추적추적 내리고 난 뒤
땅에 떨어져 나뒹구는 후박나무 잎
누렇게 바래고 쪼그라든 잎사귀
옴폭하게 오그라진 갈잎 손바닥에
한 숟가락 빗물이 고였습니다
조그만 물거울에 비치는 세상
낙엽의 어머니 후박나무 옆에
내 얼굴과 우리 집 담벼락
구름과 해와 하늘이 비칩니다
지천으로 굴러다니는 갈잎들 적시며
땅으로 돌아가는 어쩌면 마지막
빗물이 잠시 머물러
조그만 가을 거울에
온 생애를 담고 있습니다

핸드폰 가족

현대시 강습회 1박 2일
첫날 저녁 때 교육원 숙소
휴게 코너 기둥 뒤에서 누군가
전화 거는 젊은 목소리
— 오늘은 엄마가 집에 없으니까
　　아빠하고 자야지
　　이 닦고 발 씻고……
저 여성 강습생은 조그만 핸드폰 속에
온 가족을 넣고 다니는구나
부럽다 어리고 작아서 따뜻한 가정

어느 금요일

맑게 갠 하늘
단풍이 울긋불긋 먼 산을 물들이고
은행잎이 노랗게 보도를 뒤덮는다
오늘은 수업이 없는 금요일
가을의 향기로운 유혹 뿌리치고
서울에서 백 리 길 달려와
안산 캠퍼스 연구실에 들어앉아
밀린 논문 젖혀놓고
시를 쓴다 온종일
쓰다가 찢어버리고
고쳐서 다시 쓰고
결국은 한 편도 막음하지 못한 채
퇴근길에 오르면
고속도로와 국도와 간선도로
승용차와 버스와 화물트럭
모두 뒤엉켜 막히는 저녁 길
백 리를 가다 서다 반복하면서
집으로 돌아간다
언제쯤 멈출지 알 수 없는

여생의 하루를 이렇게 보내고
쓰다 만 시 몇 줄 남긴다

우리 아파트

안산고개 마루턱에서 독립문 쪽으로
새로 짓는 아파트 단지 내려다보인다
꽃샘추위 지나가고
목련꽃 활짝 피는 며칠 사이에
죽순처럼 솟아올랐구나
— 야, 우리 아파트다!
— 평당 3,500만 원짜리야.
— 세금이 얼마나 나올지……
지나가는 등산객 몇 사람이
우리를 힐끗 쳐다본다
아파트 공화국의 수도를 둘러싼
산등성이 길 걷다가 우리는 앞으로
신축 또는 재건축 아파트를 모두
우리 아파트라 부르기로 약속했다
아무에게도 해로울 것 없는
우리 가족의 말장난이다
우리에게 비록 아파트 한 채도 없지만
그때부터 어디를 가든지 우리 아파트
없는 곳 없다

강북행

인왕산 너머로 해가 지는 초저녁
꼬불꼬불 골목길 지나
통인동에서 적선동으로 이어지는 길
아직도 기와집 몇 채 비스듬히 서 있는 한길가에
커다란 간판을 단 한정식집 생겼고
옛날에는 연인들이 구석 자리에서 만나던 빵집
지금은 유리벽으로 환하게 안이 들여다보이는
카페로 바뀌었다
케이크와 콜라를 탁상에 놓고
장난치며 떠들어대는 소년 소녀 들
고등학교 시절 내 친구들과 너무나 닮아
나도 돋보기안경을 벗고 슬쩍
그들 사이에 끼어들고 싶었다
누구의 아들딸인가 묻고 싶었다

면장갑 한 켤레

북한산 단풍 냄새 풍기는
등산용 륙색 겉주머니에
면장갑 한 켤레 들어 있었다
어느 주유소에서 주었나
회색 면장갑 한 켤레가 우연히
유럽 내륙까지 짐에 묻어와
음습한 날씨에 찬 손을 감싸주었다
오페라 극장 맞은쪽 하숙집 문을 여닫고
도시순환선 전찻간 손잡이를 잡을 때
슈피탈 거리 한국학과 교실을 드나들고
율리우스 마이늘 슈퍼에서 빵과 포도주를 사올 때
털장갑이나 가죽장갑 못지않게
손끝을 따스하게 해주었다
버리면 그대로 쓰레기가 되었을
싸구려 면장갑 한 켤레가
다섯손가락 마디마다
눈 많고 바람 찬 비엔나의 겨울을 간직한 채
프랑크푸르트, 모스크바, 울란바토르, 베이징을 거쳐
서울로 다시 돌아왔다

그리고 잡동사니에 섞여 굴러다니다가

없어져버렸다

든든한 여행

"여행 도중에 불의의 사고로 인하여

두 눈이 멀거나

두 귀가 전혀 듣지 못하게 되었을 때

입으로 먹거나 말하지 못하게 되었을 때

두 손의 손가락을 모두 잃었을 때

두 팔의 손목 이상 또는

두 다리의 발목 이상을 잃었을 때

등뼈를 움직일 수 없거나

가슴이나 배 속의 장기를 심하게 다쳐서

누군가 평생 곁에서 돌보아주어야

살 수 있게 되었을 때

정신이나 신경 계통에 극심한 장애가 남아

혼자서는 생명을 유지할 수 없게 되었을 때만

백 퍼센트의 후유장해보험금을 탈 수 있습니다"

그러므로 보험금은 못 받게 되는 것이 가장 좋습니다

그 대신 거대한 보험회사 건물과

무수한 보험회사 직원들이

우리의 여행을 든든하게 지켜줍니다

이른 봄

초등학생처럼 앳된 얼굴
다리 가느다란 여중생이
유진상가 의복 수선 코너에서
엉덩이에 짝 달라붙게
청바지를 고쳐 입었다
그리고 무릎이 나올 듯 말듯
교복 치마를 짧게 줄여달란다
그렇다
몸이다
마음은 혼자 싹트지 못한다
몸을 보여주고 싶은
마음에서
해마다 변함없이 아름다운
봄꽃들 피어난다

치매 환자 돌보기

어려운 세월 악착같이 견뎌내며
여지껏 살아남아 병약해진 몸에
지저분한 세상 찌꺼기 좀 묻었겠지요
하지만 역겨운 냄새 풍긴다고
귀여운 아들딸들이 코를 막고
눈을 돌릴 수 있나요
척박했던 그 시절의 흑백
사진들 불태워버린다고
지난날이 사라지나요
그 고단한 어버이의 몸을 뚫고 태어나
지금은 디지털 지능 시대 빛의 속도를
누리는 자손들이 스스로 올라서 있는
나무가 병들어 말라죽는다고
그 밑둥을 잘라버릴 수 있나요
맨손으로 벽을 타고 기어 들어와
여태까지 함께 살아온
방바닥을 뚫고 마침내 땅속으로
돌아가려는 못생긴 뿌리의 고집을
치매 걸렸다고 짜증내면서

구박할 수 있나요

뽑아버릴 수 있나요

높아지는 설악산

천불동 계곡을 거쳐
귀면암 양폭을 지나서
대청봉에 올라갔었지 옛날에는
오세암까지 하루에 갔다 오기도 했어
요즘은 기껏해야 비선대에서
송사리 떼 환하게 보이는 차가운 물에
발 담그고 앉았다가
돌아오는 것이 고작이야
울산바위에 올라가본 지도 오래되었군
요즘은 내원암을 거쳐서
계조암 흔들바위까지 가서
칡차나 한잔 마시고
돌아오는 것이 고작이야
세존봉과 마등령을 타는 등산로는
이제 전설이 되어버렸어
설악산이 점점 높아지고
세상이 자꾸만 좁아지는 거야
동네 골목길도 차츰 짧아지더니
손바닥만 한 마당으로 줄어들고

잠자는 방 한 칸으로 좁아지고
마침내 몸뚱이 하나 겨우 들어갈
흙구덩이만 남고 말겠군
그래도 갑갑한 줄 모르니
땅속이 물속보다 깊은가 봐

난초의 꽃

3주일이나 방을 비어둔 사이 탁상의
난초 꽃이 피었다
졌다
바싹 마른 꽃대만 남고
꽃들은 바닥에 떨어져 까맣게 말라버렸다
아무도 없는 사이에 내 방에
왔다
간 것이다
아까워라
함초롬한 그 모습
내 눈으로 보았어야 하는데
공들여 피워낸 난초의 꽃
그윽한 향기
홀로 감돌다 사라졌구나
집안을 돌보지 않고 가출했다가
돌아온 가장처럼 민망해서
죽은 꽃들을 바라볼 수 없었다
그래도 목마름 견디며 난초 잎들
파랗게 살아 있었다

화분에 물을 주면서

부끄러워

난초를 바라볼 수 없었다

물의 모습 3

물이 흐릅니다 불편하게
흘러서 움직입니다
걷거나 뛰거나 달려오지 못하지요
멈춰 서거나 주저앉거나 쓰러지지 못하지요
때로는 용암처럼 뿜어 나오고
안개처럼 피어오르고
펄펄 내리는 눈이 되고
주룩주룩 쏟아지는 비가 되고
폭포가 되어 까마득하게 떨어져 내리고
낮은 곳마다 고여서 연못 만들고
아름다운 땅 위의 풍경
잔잔히 비추다가 아래로
넘쳐 흐르고
바위처럼 단단하게 얼었다가
봄볕에 녹으면서
다시 흐릅니다
물은 세월처럼 흐릅니다
한겨울 나뭇가지 끝에 올라가 앉아
온 세상 하얗게 물들이기도 하지만

수풀과 산과 도시를 태우는 시뻘건 불길
물은 조금도 두려워하지 않지요
어떤 질주가 물보다 빠릅니까
성난 파도 산더미처럼 몰려와
단숨에 바닷가 휴양지 휩쓸어버리고
소리 없이 물러가기도 합니다
한가롭게 출렁거리다가 느닷없이
되달려들기도 하지요
바퀴도 없이 날개도 없이 오늘도
물이 흐릅니다 여전히 불편하게
흘러서 움직입니다

오래된 공원

오래간만에 모처럼 하늘이 갠 오후

느티나무 줄지어 늘어선 공원에서

남녀노소가 겨울 아침 짐승들처럼 햇볕을 쬔다

노인들은 여기저기 모여 앉아 이야기를 나누고

꼬마들은 그네와 시소에 매달리고

힙합바지 청소년들은 스케이트보드를 타고

뚱보 아줌마가 자기보다 더 큰 개를 끌고 간다

수풀 사이 길로 중년 부부가 자전거를 타고 지나가는

순간 이 공원 풍경이 잠시

커다란 안경을 통해서 보이듯

두 개의 자전거 바퀴 속으로 들어간다

몇백 년 묵은 성당의 첨탑이나 화려한

번화가의 북적임 없이 햇빛에 반짝이며

굴러가는 앞바퀴와 뒷바퀴 속에서

빛바랜 흑백사진에 담긴

세월의 앞뜰과 뒤뜰이 보인다

그네 타던 꼬마가 중년이 되어

자기보다 큰 개를 끌고 가는

몇십 년 후의 갠 날도 언뜻 보인다

효자손

우체국 앞 가로수 곁에
아낙네가 죽제품 좌판을
벌여놓았다 대나무로 만든
광주리와 키와 죽침 따위에 섞여
효자손도 눈에 띄었다 건널목
신호등이 황급하게 깜빡이지 않았더라면
그 조그만 대나무 등긁이를 하나
사왔을지도 모른다
노인성 소양증만 남고
물기 말라버려 가려운 등을
시계 방향으로 돌아가며 장난 삼아
간질간질 긁어주던
고사리 같은 손
이 작은 효자손이 어느새 자라서 군대에 갔다
옆에는 나직한 숨결마저 빈자리
어둔 창밖으로 누군가 지나가며
빨리 떠나라고
핸드폰 거는 소리
뒤에서 슬며시 등을 떠미는 듯

보이지 않는 손

벽오동 잎보다 훨씬

커다란 손

되돌릴 수 없는 시간의

부드러운 손

겨울 아침

얼어붙은 새벽 네 시 아직 캄캄한데
하늘로 열린 천장 창문 밝히면서
빵 굽는 김이 무럭무럭 피어오르고
밀가루 반죽을 나르는 분주한 모습
전조등 부릅뜨고 눈길을 달려가는 화물차들
임대아파트 창문에 하나둘 불이 켜지면서
조금씩 어둠이 녹아내립니다
가로등 불빛도 차가운 전철역 입구에서
계단을 쓸고 있는 청소부
두툼한 목도리로 얼굴 감싸고
출근길 서두르는 근로자들
새벽부터 부지런히 일하는 사람들이
어둠을 밀어내는 덕택에 힘겹게
겨울 아침이 밝아옵니다

하루 또 하루

(2011)

솔벌터 소나무 숲

뒷동산 솔벌터 소나무 숲에
곧게 자란 소나무 한 그루도 없네
쓸 만한 재목 하나도 없네
동쪽으로 비스듬히 휘어진 소나무
가지들 서쪽으로 남쪽으로 갈라졌다가
북쪽으로 퍼져 나가고
위로 뻗어 올라갔다가
눈 많은 겨울의 무게 못 견뎌
아래로 뚝 꺾여 흔들리지만
그래도 청록색 솔잎 변함없이
살아 있네 백 년 가까이
나이 든 몸통과 가지와 바늘잎
수직도 아니고 수평도 아니고
제멋대로 구불구불 자라 올라간
더러는 두 줄기 세 줄기로 갈라져
커다란 다박솔처럼 퍼져 나간
늘 푸른 조선 소나무들
보기에는 운치 있어도
기둥이나 서까랫감으로 쓸 수는 없다네

덕분에 벌목당하지 않고 오늘까지

살아남아 솔벌터 소나무 숲 이루었네

숲을 지나가는 바람 소리

마음의 귀 씻어주고

흔들리는 소나무 우듬지

눈 비비듯 아른거리네

보름달 품었다가 둥그렇게

하늘로 띄워 보내는 뒷동산

병풍 같은 솔벌터 소나무 숲에

곧게 자란 소나무 한 그루도 없네

나 홀로 집에

복실이가 뒷다리로 일어서서
창틀에 앞발 올려놓고
방 안을 들여다본다
집 안이 조용해서
아무도 없는 줄 알았나 보다
오후 늦게 마신 커피 덕분에
밀린 글쓰기에 한동안 골몰하다가
무슨 기척이 있어
밖으로 눈을 돌리니
밤하늘에 높이 떠오른
보름달이 창 안을 들여다본다
모두들 떠나가고
나 홀로 집에 남았지만
혼자는 아닌 셈이다

봄 소녀

가을이 깊어가며 갈잎나무들
하나씩 둘씩 잎 떨구기 시작하네
뿌리 박은 땅 덮어주려는 듯
추워질수록 서둘러 옷을 벗네
마침내 그들의 낙엽으로 대지를
두둑이 덮고 알몸으로
수천 개 수만 개 팔을 벌리고 서서
눈비 바람 맞으며
혹독한 추위를 견디네
순교자 같은 갈잎나무들 모습
거룩하고 아름다워
멀리서 몸을 숨긴 채
조촘조촘 다가오는 봄 소녀

빨래 널린 집

산책길 옆에 퇴락한 기와집
오늘도 비어 있는 듯
마당과 옥상에 널어놓은
얼룩덜룩 빨래들
늘어난 셔츠와 해진 바지
빛바랜 치마와 꼬마 팬티
크고 작은 양말들이
가끔 바람에 흔들리며
빈집을 지키고 있다
주인은 어디서 고단한 하루를 견디는지
애들은 어느 아가 방에 맡겨놓았는지
낮에는 알 수 없지만
저녁때는 단촐한 식구들
모여서 살고 있는 듯

교대역에서

3호선 교대역에서 2호선 전철로
갈아타려면 환승객들 북적대는 지하
통행로와 가파른 계단을 한참
오르내려야 한다 바로 그 와중에
그와 마주쳤다 반세기 만이었다
머리만 세었을 뿐 얼굴은 금방 알아볼 수
있었다 그러나 서로 바쁜 길이라 잠깐
악수만 나누고 헤어졌다 그것이
마지막이었다 다시는 만날 수
없었다 그와 나는 모두
서울에 살고 있지만

다섯째 누나

3남 4녀의 막내아들로 태어나
어머니 일찍 여의고
아줌마 같은 손위 누나들 틈에서 자랐다
어느새 나도 늙었고 이미
몇몇 형과 누나는 세상을 떠났다
어느 날인가 노각오이 같은 영감태기에게
잔소리하는 노처의 얼굴 쳐다보니
문득 둘째 누나 모습이 떠올랐다
김치 맛있게 담그고 바느질 잘하고
부지런한 살림꾼이었던 그 누나가
막냇동생 야단치던 때와 똑같다
나이 들면서 또 하나 깨닫느니
마누라가 늙으면 누나가 되는구나

이른모에게

홍제천 인공 폭포 아래서
꼭 끼는 청바지 입고 야구 캡 쓴
소녀가 갓난아기에게
젖 물리고 앉았다
거세게 쏟아져 내리는 물줄기를
미처 피하지 못해 소녀야
너무 일찍 젖어버렸구나
사랑 놀이만 밝히고 아무도
애를 낳지 않는 시대에 귀여운
아기 엄마가 되어버린 소녀야
출산 장려 훈장 받아 마땅한
너의 모습 보기에 안쓰럽구나
지금은 비록 열대야에 잠 못 이루지만
일찍 심은 모에서
올벼를 거두리니 어린 엄마야
남들이 겨울을 두려워하기 전에
한가을은 이미 너의 것
모유로 건강한 아기 키우며
부디 보람찬 여름 나거라

나눔

소형 임대 아파트 주민들이
드나들지 못하도록
오고 가지 못하도록
주상 복합 고층 아파트 입주자들이
통로를 막고
길에 철조망을 쳤다
그렇다
우리는 옛부터 나누어진 겨레
분단국가에서 살고 있다

인수봉 바라보며

청나라에 잡혀간 계집들

환향녀 되어 한양으로 돌아올 때

무악재를 넘기 전에

홍제천에서 목욕하면

더럽혀진 죄 묻지 않기로 했단다

외국의 침략에 무릎 꿇고

처자식도 지키지 못한

양반들이 만들어낸 편법 아닌가

임진왜란 때는 수십만

아녀자와 상민 들이 왜군에게

욕보고

목숨 잃고

귀를 잘렸다고 한다

20세기 접어들어 결국

나라를 통째로 잃어버리고

일제 강점 36년 동안

국어를 빼앗기고

이름까지 바꾸고

귀여운 딸들 위안부로 징발당하고

치욕스럽게 살아남은 조선인

후손이 누구인가

오욕의 역사 바로잡겠다

수많은 위원회 만들어놓고 이제 와서

감투 때문에 싸우는 사내들아

힘차게 우뚝 솟아오른 인수봉

볼 때마다 부끄럽지 않으냐

떠나기 싫었던

인천공항을 떠나 프랑크푸르트까지
12시간을 날아가는 에어버스
젊은 백인 부부가 데리고 가는
머리카락 까만 아기
끊임없이 보채고 울어댔다
키 큰 아빠가 안고 얼러도
다리 긴 엄마가 업고 달래도
사방을 두리번거리며 아기는
울음을 그치지 않았다
혹시 배가 고픈 것 아닐까
기저귀가 젖은 것 아닐까
옆자리 승객들 몇 마디 거들었지만
바닥에 내려놓을 때만 뜨음할 뿐
지치지도 않고 슬프게 울어댔다
마침내 먼 나라에 착륙하자 그 아기는
새 부모와 함께 사라졌다
지금도 귓가에 들려오는 그 울음소리
잊히지 않는 그 까만 눈동자
떠나기 싫었던 그 아기

그들의 내란

그들은 점령군처럼 쳐들어와
선량한 시민들을 처참하게 죽이고
관공서와 민가에 불을 지르고
상점과 사원을 약탈하고
계엄령을 선포했다
그러나 오래가지 못했다
스스로 해방군을 자처하는
무장 반란 세력이 진격해오자
패잔병이 되어 도주했고
또다시 살상 방화 약탈이 자행되었다
그들도 그러나 오래가지 못할 것이다
민족 자위대의 깃발 아래 새로운
무력 집단이 결성되었다는
소문이 퍼졌다……
우리는 관망하기로 했다
침묵했다 우리는
그들이 아니니까

남해 푸른 물

창밖으로 남해의 푸른
물 보인다
하늘과 바다가 맞닿은 수평선에
물고기 비늘처럼 반짝이는 햇빛
가끔 큰 화물선이 지나간다
파도 소리와 갈매기 노래
바람에 실려 바닷가 외딴 방
창문을 넘나든다
바다가 잔잔한 날은
영원이 어떤 색깔인지
보여주기도 한다
누워서 물을 바라보는 위안이
진통제처럼 편안할 때도 있다

해변의 공항

고즈넉한 해변의 공항
파리를 오가는 소형 제트기가 하루에
네 차례 뜨고 내린다
지중해의 눈부신 햇빛
투명한 공기와 라벤더 향기 속에
은빛 날개가 바다 위로 날아오른다
오전 11시에 통관대를 닫고 직원들은
점심 먹으러 나간다
비행 스케줄을 잘못 잡은 외국 승객
몇 명만 남아 대합실을 지키다가
2층 레스토랑으로 옮겨 앉아
오후 비행기 편 기다리며
프로방스 포도주를 맛본다
예정에 없이 한참 쉬어간 이곳을
여행객들은 나중에 관광 명소보다
오래 기억할지도 모른다

시칠리아의 기억

아직도 미진한 듯 희뿌연 연기 뿜어대는

에트나 화산 바라보며 낙소스 포구에

배를 대고 가파른 해안 언덕길 올라갑니다

하루에도 몇 번씩 색깔이 바뀌는 이오니아 해

타오르미나*의 고대 원형극장 유적에

몇 개 남아 있는 그리스 기둥들

선글라스에 비치는 관광객 모습

눈길 끄는 것들 너무 많지만

사진 한 장 찍지 않고

바라보기만 합니다

추억을 만드는 대신

잠깐 발걸음 멈추고

얼마 남지 않은 시간이

돌아가자고 손짓하며 부를 때까지

그저 바라보기만 합니다

아무 증거도 남지 않은

시칠리아 여행의 기억이지요

* Taormina. 이탈리아의 시칠리아 섬 동쪽 에트나 화산(3,340m)의 북단에 위치한 작은 도시(해발고도 206m). 기원전으로 거슬러 올라가는 오랜 역사와 지중해가 내려다보이는 아름다운 경관을 자랑한다.

아이제나흐 가는 길

자동차 드문드문 달려가는
튀링겐 지방 도로
나지막한 언덕길 넘어갈 때마다
넓은 밀밭 내려다보이고
내리막길 주변에 과수원이 펼쳐진다
완만한 굴곡과 경사진 도로를 지나
아이제나흐*로 가는 길
전후좌우로 물결처럼 부드럽게 오르내리는
전원 풍경이 둔주곡을 들려준다
들판에서 일하는 농부들이
바흐를 닮은 듯 보이는 것은
나의 환각이라 해두자

* Eisenach. 독일 튀링겐 주의 고도. 중세의 기사들이 노래 경연을 벌였던 성,
  루터가 성서를 번역했던 방, 바흐가 태어난 집이 이곳에 있음.

다리 저는 외국인

외국에 가면 누구나 외국인이 된다
여행 떠나기 전에 다친 왼쪽 무릎은
두 주일이 지나도 낫지 않았다
너무 멀리 왔나
아픔을 참으며 외국 행사를 치르고
몰스도르프* 성관을 방문했을 때
고대 석비(石碑) 전시장 미로에서
그리스 조각 모조품을 보았다
제대로 돌보지 않아 퇴락한
헤르메스 신의 왼쪽 다리는 부서진 채
철심만 남아 있었다
절뚝거리며 여기까지 찾아온
외국인의 왼쪽 다리 같았다
사라진 동독의 과거가 아니라
스스로 낡은 조각이 되어가는
나의 미래가 보였다

* Schloss Mohlsdorf. 독일 튀링겐 주의 수도 에어푸르트 남쪽에 있는 옛 성관.

쉼

죽을 때까지 이어지는
삶은 끊임없는 연속입니다
쉴 새 없이 뛰는 심장
숨 쉬는 허파
가슴속에 품은
사랑도 그렇지 않은가요
산책을 하다가 피곤하면
길가의 벤치에 앉아 잠시
쉬어가듯이
우리의 삶도 사랑도 그렇게
가끔 쉴 수 있다면
좋으련만

꿈속의 엘리베이터

엘리베이터는 비어 있었다
B4를 누르고 잠깐
어두컴컴한 직육면체 공간 속에
혼자 서 있었다
엘리베이터가 멈추고
자동문이 열릴 차례였다
그러나 열리지 않았다
아무리 기다려도
열리지 않았다
열림 버튼을 누르려 했지만
어두워서 보이지 않았다
손으로 더듬어보았으나
아예 버튼이 없었다
사라져버렸다
세상에 이럴 수가
문을 두드려도 소용없었다
핸드폰도 가지고 있지 않았다
캄캄한 꿈에서 깨어나기를
기다리는 수밖에

종심(從心)

까치와 비둘기와 직박구리
매미와 쓰르라미
여치와 베짱이와 귀뚜라미
이른 아침부터 한밤중까지 온종일
울어댔다 (울음이
듣기 싫으면 서양식으로
노래라고 하자) 이 노래
소리 없다면
체온과 맞먹는 한낮의 무더위
어떻게 견딜 수 있을지
허덕허덕 말복을 넘겼다
텃새와 벌레들이 합주하는
사랑의 노래도 없고
물기도 마르고 햇빛도 가녀린
계절들 어떻게 살아왔는지
폭설 30센티미터 내려 쌓인
영하 15도의 소한 추위 겪으며
2천만 대의 자동차 매연과
4천만 대의 핸드폰 소음 속에서

참으며 견뎌온

613,200시간

끔찍한 세월 오래 살고도

죽음이 두려운 나이

오른손이 아픈 날
(2016)

녹색 두리기둥

전깃줄 끊긴 채 자락길 어귀에
시멘트 기둥으로 홀로 남은 전신주
담쟁이덩굴이 엉켜 붙어
앞으로 옆으로 위로 퍼져 올라가
우뚝 솟은 녹색 두리기둥 만들어놓았네
폐기된 전신주 꼭대기
담쟁이 더 기어 올라갈 수 없는 곳
바람과 구름을 향해
아무리 덩굴손 허공으로 뻗쳐보아도
이제는 더 감고 올라갈
기둥도 나무도 담벼락도 없네
살아 있는 덩굴식물이 한자리에
그대로 소나무처럼 머물 수 없어
제 몸의 덩굴에 엉켜 붙어
되돌아 내려오네
온갖 나무들 드높이 자라 올라가는
저 푸른 하늘에 앞길이 막혀
위로 올라가지 못하고
아래로 되돌아 내려오며

삶터 잘못 잡은 담쟁이덩굴이
아름다운 두리기둥 만들어놓았네

설날 내린 눈

새해 초하루에 함박눈 펄펄 쏟아졌다
미끄러운 눈길을 달려
차례 지내러 온 꼬마 손님들이 눈 덮인
뒷마당 풀밭 한가운데
조그만 눈사람 만들고 그 둘레에
눈으로 얕은 성을 쌓아놓았다
설날은 세배객 맞이하며 바쁘게 지나갔고
이튿날 그것을 발견했다
눈 치우려던 넉가래
담벼락 한구석에 세워놓고
제설 작업 그만두었다
한쪽 눈썹 떨어져버린 그 눈사람과
눈으로 쌓은 그 둥그런 성
그대로 두고 보기로 했다
천천히 눈이 녹은 그 자리에서
연녹색 새싹들이 돋아날 때까지
그냥 기다리기로 했다

새와 함께 보낸 하루

아침나절 벽돌담 위에 대나무 소반
새 모이 주려고 올려놓았다
참새들 떼 지어 날아와 짹짹거리며
음식 찌꺼기 쪼아 먹는다
때로는 박새도 몇 마리 찾아온다
유리창으로 그 예쁜 모습 지켜보면
숨죽일 사이도 없이 금방
날아가버리고 산수유 나뭇가지에서
직박구리 한 쌍 내려앉아
날렵한 몸매로 긴 꽁지를 흔든다
한동안 사방을 두리번거리다가
얼른 빵 부스러기 한 쪽 입에 물고
또 여기저기 살펴보다가
단숨에 꿀꺽 삼킨다
주위를 살피는 시간은 꽤 길고
먹이를 삼키는 순간은 아주 짧다
(시 쓰기와 비슷하지 않은가)
뒤이어 산비둘기와 까치가 다녀가고
저녁때는 옆집 고양이가 살금살금 다가와

냄새만 맡고 돌아간다
날이 저물어 새 모이 소반
어둠 속으로 사라지면
밤하늘 날아가는 기러기 행렬
끼룩거리는 소리 들려온다
오늘도 시를 쓰지 못했구나

가지치기

늦가을 감 딸 때면 생각나네
돌아가신 우리 할아버지
까치밥 몇 개 감나무 높은 가지에
남겨두셨지
우리 집 단골 정원사 박 씨도
담 넘어온 이웃집 단풍나무 가지 치면서
으레 한두 개는 그대로 내버려두었지
늙은 박 씨 눈이 나빠서
깜빡 잊어버린 줄 알았네
먹을 수도 없는 나뭇가지 한두 개
남겨두는 버릇 그러나
해가 바뀌어도 변하지 않았지
왜 그렇게
남겨두었는지 나도
이제야 철들어 알게 되었네

난초꽃 향기

마루에서 동화책 읽고 있던 나를
안방으로 데리고 들어가서 할아버지는
무슨 보물이라도 보여주려는 듯
창문에 늘어진 속 커튼을 젖혔다
창턱에는 난초 화분이 네 개
그 가운데 하나가 처음으로 꽃을 피웠다
하얀 줄기에 샛노란 꽃잎
난초꽃 향기가 그윽하지 않으냐
난초가 들으면 안 되는
무슨 비밀이라도 알려주듯
할아버지는 목소리를 낮추어 내게 말했다

화분에 심은 풀잎처럼 보이는 난초에
흥미 없는 손자 녀석은 시큰둥하게
힐끗 쳐다보고
별것 아니라는 듯
휑하니 거실로 되돌아가 멈추었던
컴퓨터 게임을 계속했다
작은 손가락이 나는 듯 움직였다

할아버지가 되어버린 옛날의 손자는
괜한 짓을 한 것 같아 머쓱해졌다
녀석이 나이 들 때까지
기다리는 수밖에 없겠지

가을 소녀

들판에서 양 떼를 지키며
두 손 모아 기도하는 소녀의 모습
스마트폰 들여다보는 것 같네
시간은 150년 전 그대로 멈춰 있는데
두 눈을 내리뜨고 웃음 짓는
소녀의 옆얼굴 보니 이곳에서도
와이파이 터지는 듯
늑대 몇 마리 양 떼 곁으로 다가와도
밀린 메시지 읽기에 바쁘고
카카오톡에 열중하는 양치기 소녀
눈매는 감자 심는 엄마 닮았고
입매는 밭을 가는 아빠 비슷하지만
마음은 아득한 미래
디지털 세상으로 날아가네
누런 풀밭에서 고개 숙인 가을 소녀
화폭에 담긴 그림은 아닌 듯
늙지 않은 어머니의 어머니의 어머니의……
앞으로 태어날 딸의 딸의 딸의……
변함없는 모습 여기 있네

홍제내2길

이름이 새로 바뀐 골목길
홍제내2길의 이른 아침
이 집 저 집에서 꼬마들이 튀어나온다
등에 멘 책가방 탈싹탈싹 좌우로 흔들면서
두 팔 활짝 벌리고 초등학생들
서둘러 학교로 달려간다
골목길 모퉁이를 돌아
훤하게 트인 한길로 사라진다
뒤이어 우체부가 지나간 소식 전하고
노인들 드문드문 경로당으로 모여들고
등산복 걸친 중년 남자가
커다란 셰퍼드를 데리고 간다
길가에 삐뚤빼뚤 세워놓은 자동차들
먼지를 쓴 채 하루 종일
그 자리에 서 있다 출퇴근하는
젊은이들 별로 없고
양파와 햇감자 파는 행상들의 확성기 소리
유아원 미니버스와 청소 차량이 가끔 지나갈 뿐
비어 있어 아까운 한낮 기울 무렵

오후의 골목길에서
꼬마들이 다시 나타난다
축 처진 책가방 짊어지고
맥 빠진 걸음걸이로
콜라 깡통을 발로 걷어차면서 아무렇게나
되는대로 걸어온다 하루 사이에
조금 길어진 머리카락 나풀거리며
아침에 나타났던 골목길 모퉁이
전신주 곁으로 사라진다
홍제내2길에서 오른쪽으로 꼬부라져
집으로 가는 거겠지 어제저녁으로
되돌아가는 것은 아니겠지

목불의 눈길

동남아 어느 공항 면세점에서 샀지
마호가니 나무로 만든 부처의 얼굴
곱슬머리에 길게 늘어진 귀
눈을 내리뜨고 깊은 생각에 잠겨
보는 이의 마음까지 그윽하게 감싸주는
목불(木佛)의 두상
나의 서재 창가에 놓아둔 지
벌써 몇 해가 지나갔나
오늘따라 잘 풀리지 않는 글 쓰다가
한밤중 빗소리에 문득
창 쪽을 바라보니 나무부처의 눈길이
말없이 나를 마주 보고 있지 않은가 마치
오래 기다리던 눈길과 마주치기라도 한 듯
얼른 부처 앞으로 다가가
그 눈을 들여다보았지 그런데
형광등 착시 현상이었나 부처는
여전히 눈을 내리뜨고 있었지 어쩌면
내가 바라보지 않을 때만 이 목불이
나를 응시하고 있는 것 아닐까

이제는 쓰기 싫은 글 혼자 쓸 때도
콧구멍 후벼대거나 요란한 하품
삼가야 할 듯

생가 앞에서

옛날 살던 기와집은 자취도 없고
길가에 옷 가게와 카페 들만 즐비했다
조그만 출입문에 그래도 74번지
수없이 기입했던 나의 본적지
주소가 남아 있어 초인종을 눌렀다
—누구요?
주인 할머니의 퉁명스런 목소리
—제가 태어난 집 마당을 잠깐
들여다볼 수 있을까요?
공손하게 물었으나
—다른 집에 가보시오!
딸깍 끊었다
더 말을 붙일 수도 없었다
오래된 생가 앞에서 귀찮은 구걸객이 되어
씁쓸하게 발길을 돌리는 수밖에

건널목 우회전

땅거미 내릴 무렵
건널목에서 우회전하다가
길 한가운데 움직이는 물체가 보여
황급히 브레이크를 밟았다
너덧 살 난 꼬마가 거기 있었다
급정거에 아랑곳없이
스키니 청바지에 야구 캡을 쓴 엄마가
스마트폰을 환하게 들여다보며
뒤따라오고 있었다

땅 위의 원 달러

천 년 전에 지은 사원
불가사의한 석조 건축 벽면 가득
채운 정교한 돋을새김
코끼리를 탄 장군들과
요정 같은 무희들 빼놓으면 모두
칼과 창과 활과 방패를 든 전사들
아득한 옛날 이 찌는 듯이 무더운 초원에서
무슨 힘으로 그렇게 싸웠을까
성인들은 대개 더운 나라에서 태어난다 하지만
자비로운 부처를 모시는 이 땅에서
무엇을 잘못 배웠기에
130만 불자를 학살했을까
석탑보다 훨씬 높이 자란 스펑나무가
거대한 사원을 통째로 문어발처럼 휘감고
마침내 폭격 맞은 폐허처럼 무너져
내리도록 날렵한 사자 석상들도
일곱 개의 머리를 가진 돌 구렁이들도
막아내지 못한 시간의 파도
몰려왔다가 되돌아가고

몰려와 쌓였다가

다시 부서져

파편으로 널려진 사암의 잔재들

맨발로 밟고 다니며 원 달러

원 달러…… 구걸하는

어린 후손들

쪽방 할머니

며느리가 입던 재킷

팔소매 걷어 올리고

아들의 해어진 청바지

엉덩이에 반쯤 걸치고

손녀가 신다가 버린 운동화

뒤축 찌그려 신고

재활용 쓰레기터에서 주워 왔나 짝퉁

명품 핸드백을 목에 걸었네

가난에 찌들어 눈빛도 바랬고

온 얼굴 가득 주름살 오글쪼글

지하철 공짜로 타는 것 말고는

늙어서 받은 것 아무것도 없네

견딜 수 없이 무더운 한여름이나

한강이 얼어붙는 한겨울이면

홀로 사는 지하실 구석방을 나와

지하철 노약자석에서 하루를

보내는 쪽방 할머니

땅에서 태어나 땅속으로 돌아다니는

우리의 외로운 조상

어디로 옮겨 가셨나
요즘은 보이지 않네

바다의 통곡

이리호 호반에서 혹시
존 메이너드*를 만나보았나
디트로이트와 버팔로를 왕복하는 페리선
조타수 존은 갑자기 화염에 휩싸인 배를
죽음 무릅쓰고 호반에 안착시켜 승객들
모두 구하고 자신은 조타실에서 탈출하지 못했다
그의 몸은 백여 년 전에 연기로 사라졌으나
그의 혼은 지금도 청동 기념판 속에 살아 있다
치욕스럽구나 영혼을 잃고 육신만 남은 무리들
진도 앞바다에서 세월호 침몰했을 때
3백여 승객 물결 사나운 맹골수로에 버려둔 채
자기들만 구명정 타고 육지로 도망친 선원 팀
승객의 귀중한 목숨보다 선주의 검은 돈을 위하여
선박의 평형수와 무게중심을 팔아먹고
가라앉는 배 속에 아이들 가두어 죽이고
침묵의 장막 뒤로 숨어버린 무리들
도저히 인간으로 용납할 수 없어
분노와 절망이 온 땅을 뒤덮었다
하지만 살아남은 우리 모두를 면목 없게 만든

그들이 우리의 동포가 아니라고
짐승만도 못한 어른들이라고
욕설만 퍼부을 수도 없지 않은가
목숨 잃은 어린 영혼들 너무 불쌍해
실종된 육신이라도 어서 돌아오라고 우리는
목메어 절규하는 수밖에 없는가
조금 사리 때맞춰 아무 일도 없었다는 듯
밀려왔다 물러가는 파도 앞에서
통곡하는 수밖에 없는가

* 영역 졸시선 『The Depths of A Clam』(Buffallo, 2005) 출판 기념 행사로
  2006년 4월 미국 낭독 여행을 갔을 때, 바다처럼 큰 오대호의 이리 호
  호반에서 존 메이너드 기념판을 보았다.

그늘 속 침묵

몇 차례 민원도 소용없었다
고층 빌딩이 맞은쪽에 완강하게 들어서며
우리 동네 자랑거리였던 크낙산이
사라져버렸다
해 뜨는 아침의 눈부신 산봉우리
소나무 숲 위로 떠오르는 보름달
모두 빌딩에 가려 보이지 않고
넓은 하늘도 절반이 잘려 나갔다
옥상 스카이라운지는 너무 높아
새들도 날아오르지 못하고
지하 주차장은 너무 깊어
엘리베이터 없이는 출입할 수 없다
햇볕이 모자라 주변 가옥의 앞뜰
화초와 뒷마당 나무들 시들어 죽고
고층 건물 모서리에 부딪혀
바람 소리 더욱 거세지고
매연과 소음이 뿌옇게 길을 뒤덮었다
수백 개의 창문에서 쏟아져 나오는
불빛 때문에 한밤의 어둠마저 빼앗기고

깊은 잠 이룰 수 없다
전망이 막힌 실내에 갇혀 온종일
TV채널이나 이리저리 돌리면서
대도시 생활이 이런 거지 뭐
고층 건물 그늘 속에서 오늘도
때 없이 라면 끓여 먹으며 하우스푸어
착한 주민들 그저 잠잠할 뿐

그 손

그것은 커다란 손 같았다
밑에서 받쳐주는 든든한 손
쓰러지거나 떨어지지 않도록
옆에서 감싸주는 따뜻한 손
바람처럼 스쳐가는
보이지 않는 손
누구도 잡을 수 없는
물과 같은 손
시간의 물결 위로 떠내려가는
꽃잎처럼 가녀린 손
아픈 마음 쓰다듬어주는
부드러운 손
팔을 뻗쳐도 닿을락 말락
끝내 놓쳐버린 손
커다란 오동잎처럼 보이던
그 손

쓰지 못한 유서

무의미한 연명치료를 거부하는
사전의료지시서를 작성한 다음
시작할 엄두도 못 내고 오랫동안
미뤄왔던 문안을 이제야 몇 줄 적었다
변호사에게 맡기려고
다시 읽어보니 그러나
너무 통속적인 허튼소리 아닌가
--나의 서재는 사후에 아르키프로 남겨라
저작권료 및 인세는 노처에게 상속하고
내가 타던 자동차는 아들에게 물려주고
늙은 진돗개는 딸이 돌보게 한다
동산과 부동산은 법에 따라 분할 상속하고
일부는 기념사업회에 기증한다
조상의 묘지와 위토는 절대로 팔아먹으면 안 된다
마당의 나무들은 한 해 걸러 거름을 주어야 한다
감이 열리면 늦가을에 이웃들과 나누어 먹고
지하실에 둔 와인은 손녀가 시집가는 날
하객들과 나누어 마셔라……
그리고 보니 후세에 남길 만한 멋진 말은

한 마디도 없구나 아무래도
안 되겠다 이 문안을
북북 찢어버리고
다시 써야겠다 이렇게 시간을
끌다 보면 유서 한 장 제대로 못 남기고
세상을 뜨게 될지도 모르겠지만

오늘이 바로 그날이다

아들 딸 며느리 사위 조카들까지 모여서

모처럼 생일잔치 벌여준 날

70년 전에 내가 태어난 날

오늘이 바로 그날이다

어머니 젖꼭지에 댓진을 발라

네 살짜리 막내아들

젖을 뗀 날

밤새도록 계속된 폭격이 겨우 멈춘 뒤

방공호에서 기어 나와

오래된 기와집 폭삭

주저앉은 꼴 믿을 수 없던

그날이 바로 오늘이다

머리가 허옇게 세고

눈물주머니가 아래로 처져

깜짝 놀라게 늙은 모습

거울 속에서 발견한 날

36년간 다닌 직장에서 등 떠밀려

퇴직하고

산길 내려오다가 넘어져

깁스를 한 채 목발 짚고

절뚝거리던 날

20년 동안 피우던 담배 끊고

다시 30년이 지나 마침내 술까지

끊게 된 날

심장혈관 전문의 진단을 받고

달라트렌 정과 아스트릭스 캅셀 매일 먹기

시작한 날

오늘이 그날이다

평생 써온 일기장에 먹칠을 하고

온 가족을 오래도록 괴롭히다가

마지막 눈물 한 방울 흘리고

세상 떠나는 날

내일이 내게서 사라져버리는 날

오늘이 바로 그날이다

한식행(寒食行)

수술 받고 퇴원하여 오랜만에

혼자서 성묘하러 갔다 직산말 산소벌

아버지 어머니 몇십 년 전에 묻히신 곳

봉분의 잡초를 몇 뿌리 뽑고

술 한 잔 올리고

넙죽 엎드려 절을 한 다음

음복술 병째로 다 마셨다

멧새 지저귀는 소리 옛날과 다름없지만

돌아갈 수 없는 어린 시절

잔디밭에 벌렁 누워

소나무 우듬지와 삼봉산 위에

떠도는 구름 바라보다가

태어나지 못한 나의 손자들

땅속 깊이 뛰어다니는 소리 들려

퍼뜩 낮잠에서 깨어보니

여기가 어딘가

돌아가신 아버지 어머니 곁

죽음처럼 안락했던 그곳

꿈결에 잠깐 다녀온 듯

오른손이 아픈 날

밤새도록 오른손이 아파서
엄지손가락이 마음대로 안 움직여서
설 상 차리는 데 오래 걸렸어요
섣달 그믐날 시작해서
설날 오후에 떡국을 올리게 되었으니
한 해가 걸렸네요
엄마 그래도 괜찮지?
(남편과 자식 뒷바라지에 시달려
이제는 손까지 못쓰게 된 노모가
외할머니 차례 상에 술잔 올리며
혼자서 중얼거리네)
눈물은 이미 말라버렸지만
귀에 익은 목소리 들려와
가슴 막히도록 슬퍼지는 때
오늘은 늙은 딸의 설날
까치 까치 설날은
어저께였지

크낙산 가는 길

크낙산 가는 길 잘못 들어서

의정부 외곽 도로 헤매다가 갑자기

길가에 차를 세우고 FM 라디오에서 흘러나오는

선율에 귀 기울였다 혹시

바흐의 변주곡 후반부 아닐까

언젠가 들어본 것 같기도 하고

처음 듣는 것 같기도 한 그 소절을

똑똑히 기억할 수 없어 안타까웠다

귓전을 감도는 그 쳄발로 소리에

정확한 제목을 붙일 수는

없었다 이처럼 "아! 그것"이라고

말할 수밖에 없는

풍경을 한 번 본 적도 있다

괴팅겐으로 달려가는 지방 도로 근처

어느 호수 곁을 지나가다가

호반의 거대한 느티나무 아래

벤치에서 늙은 남녀의 뒷모습을

발견한 순간 길가에 차를

세우고 멀리서 한동안 바라보았다

어디서 본 것 같기도 하고
처음 보는 것 같기도 하고 어쩌면
앞으로 저렇게 보일 내 모습 같기도 했다
모를 일이었다 그야말로
어떻게 형언할 수 없는
소리와 모습
귓가에 들릴 듯 말 듯
눈앞에 보일 듯 말 듯
그것들을 끝내 말하지 못한 채 언젠가
아쉽게 입을 다물 것 같았다

지상의 거처

김인환
(문학평론가)

김광규는 1975년, 34세에 계간『문학과지성』에「시론」「유무(有無)」「영산(靈山)」등을 발표하며 시인으로 등단하였다. 이 세 편의 시에는 모두 '시란 무엇인가?'라는 질문이 들어 있다. 시인은 세상의 소리를 받아 적는 사람이다. 시는 시체가 되어 어시장에서 말없이 인간을 바라보는 물고기들의 소리와 바닷속에 빛과 물로 싱그럽게 울려 퍼지는 물고기들의 소리를 편성한 다성악곡이다.

　받침을 주렁주렁 단 모국어들이
　쓰기도 전에 닳아빠져도
　언어와 더불어 사는 사람은
　두려워하지 않고 슬퍼하지 않고

아무런 축복도 기다리지 않고

——「시론」 부분

「유무(有無) 2」에서 김광규는 시인이 기록하는 소리를
어디에나 있는 것 같은데 정작 붙잡으려 하면 아무 데도
없는 "그것"이라고 부른다. 시인은 쉬지 않고 그것을 찾아
헤맨다. 그러나 그것인 줄 알고 기록해보면 그것은 그냥
한 권의 책이고 생선, 과일, 의복이고 중화학공장이고 보
험회사 직원이다. 시인은 존재의 소리를 적으려고 했으나
적어놓은 것은 존재자의 겉모습뿐이다. "뱀처럼 차갑고 미
끈미끈한 것이 손에서 빠져나가려고 꿈틀댔다. 씨름하듯
그것과 맞붙어 엎치락뒤치락했으나 끝내 놓쳐버리고 말았
다. 그것은 몸통도 머리도 다리도 날개도 없고 또한 보이
지도 않았기 때문이다"(「유무 2」).

시는 감정을 통하여 세계에 대하여 말한다. 그것은 우리
의 삶을 날카롭고 충실하게 느끼게 하고 소중한 경험을 기
억 속에 간직하게 한다. 그것의 참모습을 보았다는 느낌을
주는 것이 대지나 바다나 하늘만은 아니다. 우리는 배, 기
차, 비행기, 도시, 공장 같은 것에서도 그러한 느낌을 받을
수 있다. 사물의 속뜻은 사물에 있는 것이 아니라 보는 사
람의 눈 속에 있는 것이기 때문이다. 그것은 관계들을 묶
어주는 밑흐름이기도 하다. "나"는 아들, 아버지, 동생, 형,

남편, 오빠, 조카, 아저씨, 제자, 선생, 납세자, 예비군, 친구, 적, 환자, 손님, 주인, 가장이다. 그러나 그런 관계들은 나의 고유성을 감추는 겉모습일 뿐이다. 시인은 관계들의 밑에서 움직이는 나 자신에 대하여 말하고 싶어 한다.

> 아무도 모르고 있는
> 나는
> 무엇인가
> 그리고
> 지금 여기 있는
> 나는
> 누구인가
>
> ──「나」 부분

「물오리」에서 시인은 단순하고 무심한 물오리의 소리를 기록하기 위해서는 애써 배운 모든 언어를 잊어야 하고 힘들게 얻은 모든 지식을 잊어야 한다고 말하고, 「진혼가」에서 시인은 인간을 기록하기 위해서는 그를 생각하지 말고 그를 보아야 한다고 말한다. 레오나르도 다 빈치도 볼 줄 아는 것이 예술가의 사명이라고 말했다. 우리들은 시나 그림을 보려고 하지 않고, 보기도 전에 설명하려고 한다. 시인이 자기 마음속에 떠오르는 생각을 표명할 때, 시는 긴장을 상실한다. 시는 우리에게 우리가 생각하던 것과는 다른 것 앞에 서 있다는 느낌을 주어야 한다. 모든 훌륭한 시는 미지의 세계로 들어가도록 세워놓은 일종의 다리이다. 우리가 매일 대하는 사물들 가운데 그 겉모습이 아니라 참모습을 보았다고 확신할 수 있는 것이 과연 얼마나 될까?

시는 삶의 겉과 속을 함께 말해준다. 시를 통하여 우리는 오래 사귄 친구를 비로소 알게 될 수 있고 오래 살아온 세계를 비로소 사랑하게 될 수 있다. 시인은 밖에 있는 사물과 마음속에 있는 감정을 꾸준히 바라보면서 그의 모든 감각을 동원하여 인생의 슬픔과 기쁨 그리고 경이로움을 상상한다. 대부분의 경우에 이해력과 상상력은 반대로 작용한다. 시를 쓰는 데 무엇보다 먼저 갖춰야 할 조건은 사물을 비평 없이 받아들이는 훈련이다. 볼 줄 아는 사람의 눈길은 빛과 어두움의 자리를 바꾸고 미와 추의 자리를 바꿀 수 있다. 비둘기는 새로 만들어놓은 집에는 오지 않고 칠이 벗겨지고 나무가 썩어야 찾아든다(「하얀 비둘기」). 시인은 자신의 처지를 목청껏 외치는 사람들 사이에서 혼자 중얼거리는 사람 또는 전나무 숲 산책길을 가로질러 느릿느릿 기어가는 민달팽이에 비교한다(「느릿느릿」). 감나무의 참모습은 아름답다거나 맛있겠다거나 그런 생각을 버리고 멍청하니 오랫동안 그저 바라보아야 알 수 있고(「감나무 바라보기」), 친구의 참모습은 빚 갚을 돈을 빌려주지 못하고 아들딸 취직하는 데 도움을 주지 못하고 서로 별로 쓸모없는 사이로 마흔다섯 해쯤 보내야 알 수 있다(「쓸모없는 친구」). 시인이 일주문 앞 포장마차에서 꼬치 어묵을 사 먹는 젊은 스님이나 교복 치마를 무릎이 나올 듯 말 듯 줄여달라는 여학생이나(「이른 봄」) 갓난아기에게 젖을 물리고 있는 야구 캡과 청바지 차림의 소녀를 따뜻한 시선으로 그려내는(「이른모에게」) 이유도 아마 그들이 보여주는 신선한 생명력에 있을 것이다.

크낙산 가는 길 잘못 들어서
의정부 외곽 도로 헤매다가 갑자기
길가에 차를 세우고 FM 라디오에서 흘러나오는
선율에 귀 기울였다 혹시
바흐의 변주곡 후반부 아닐까
언젠가 들어본 것 같기도 하고
처음 듣는 것 같기도 한 그 소절을
똑똑히 기억할 수 없어 안타까웠다
귓전을 감도는 그 쳄발로 소리에
정확한 제목을 붙일 수는
없었다 이처럼 "아! 그것"이라고
말할 수밖에 없는
풍경을 한 번 본 적도 있다

괴팅겐으로 달려가는 지방 도로 근처

어느 호수 곁을 지나가다가

호반의 거대한 느티나무 아래

벤치에서 늙은 남녀의 뒷모습을

발견한 순간 길가에 차를

세우고 멀리서 한동안 바라보았다

어디서 본 것 같기도 하고

처음 보는 것 같기도 하고 어쩌면

앞으로 저렇게 보일 내 모습 같기도 했다

모를 일이었다 그야말로

어떻게 형언할 수 없는

소리와 모습

귓가에 들릴 듯 말 듯

눈앞에 보일 듯 말 듯

그것들을 끝내 말하지 못한 채 언젠가

아쉽게 입을 다물 것 같았다

　　　　　　　　　　　　　　—「크낙산 가는 길」전문

　「크낙산 가는 길」에서 시인은 길을 잘못 들어 의정부 외
곽 도로를 헤매다가 FM 라디오에서 흘러나오는 음악에
귀를 기울이게 된다. 언젠가 들어본 것 같기도 하고 처음
듣는 것 같기도 한 그 소절을 똑똑하게 기억할 수는 없었

지만, 괴팅겐으로 가는 지방 도로 근처 어느 호수 곁을 지나다가 호반의 느티나무 아래 벤치에 앉아 있는 늙은 남녀의 뒷모습을 볼 때도 어디서 본 것 같기도 하고 처음 보는 것 같기도 한 광경 앞에서 말로 표현할 길이 없는 안타까움을 느꼈다. 시인은 정확한 제목을 붙일 수는 없고 "아! 그것"이라고 말할 수밖에 없는 소리와 모습에 대하여 말하려고 하다가 끝내 말하지 못하고 아쉽게 입을 다무는 것이 시인의 운명일지도 모른다고 생각한다. 우리는 우리 주위의 수많은 물체들을 그저 단순한 표면에 불과한 것으로 지각한다. 아름다움을 발견하려면 표면의 부스러기들을 뚫고 사물의 속으로 들어가야 한다. 시인이 물질 속에서 자기를 실현하려면 질료의 안으로 들어가야 한다. 내밀한 공감이야말로 시인이 지켜야 할 유일한 윤리이다. 시는 언어의 유희가 아니라 물질의 유희가 되어야 한다.

김광규의 4월 혁명에 대한 기억은 그의 시를 가장 깊은 곳에서 묶어주고 있는 동력이다. 그는 그날 거리에 나가 시위에 참여하여 친구들이 죽는 것을 직접 목격하였다. 해마다 4월이 오면 그는 열병처럼 그날의 기억에 전율하며 스스로 그것이 "재발인가 아니면 부활인가"(「사오월」) 자신에게 물어본다. 그는 이 세상 모든 것에 대해 회의하면서도 그날 죽은 친구들이 스무 살의 젊은 나이로 헛되이

스러지고 말았다고 말하는 사람에 대해서는 단호하게 반대한다(「아니다 그렇지 않다」). 지금도 아니라고 말하는 젊은이들이 있기 때문이다. 김광규는 게 장수의 구럭을 빠져나와 바다의 자유를 찾아 사방을 두리번거리며 아스팔트를 건너다 군용 트럭에 깔려 죽은 어린 게의 시체에서 "아무도 보지 않는 찬란한 빛"을 본다(「어린 게의 죽음」). 늘어진 가지들 모두 잘린 채 줄지어 늘어서 있는 4월의 가로수는 안타깝게 몸부림치다가 울음조차 터뜨릴 수 없어 몸통으로 잎을 내민다. 「희미한 옛사랑의 그림자」에 등장하는 인물들은 4·19에 참여한 친구들이다. 그들은 1960년 세밑 오후 다섯 시에 만나 불도 없이 차가운 방에 앉아 정치가 아니라 앞으로 평생토록 헌신해야 할 진리에 대해 열띤 목소리로 토론했다. 18년이 지나 넥타이를 매고 다시 만난 그들은 처자식의 안부를 묻고 물가와 월급에 대해 토론하고 목소리를 낮추어 떠도는 정치 이야기를 주고받는다. 그들은 자신들이 안개 짙은 풍문의 나라에 살고 있으므로 누구도 사실을 알지 못한다는 사실을 확실히 알게 된 것이다.

언제나 안개가 짙은

안개의 나라에는

아무 일도 일어나지 않는다

어떤 일이 일어나도

안개 때문에

아무것도 보이지 않으므로

안개 속에 사노라면

안개에 익숙해져

아무것도 보려고 하지 않는다

안개의 나라에서는 그러므로

보려고 하지 말고

들어야 한다

듣지 않으면 살 수 없으므로

귀는 자꾸 커진다

하얀 안개의 귀를 가진

토끼 같은 사람들이

안개의 나라에 산다

―「안개의 나라」 전문

　　"안개의 나라"에는 같은 말을 사용하지만 두 개의 서로
다른 사전을 가지고 있는 두 국민이 존재한다. 상류사회의
사전에는 찬성이란 말이 없고 하류사회의 사전에는 반대
란 말이 없기 때문에 하류사회의 사람들은 상류사회의 사
람들이 반대하기 전에 무조건 찬성해야 한다(「대화 연습」).
상류사회의 사람들은 하류사회의 사람들에게 아침의 잠자
리가 얼마나 달콤한 것인지 알게 하고 겨울이 가면 봄이

오게 마련이라고 가르치면서 긴 겨울잠을 자게 한다(「세시기」). 안개의 나라에는 시, 정치, 경제, 노동, 법, 전쟁, 공장, 농사, 관청, 학문을 생각하는 사람들만 있고 시와 정치 사이, 정치와 경제 사이, 경제와 노동 사이, 노동과 법 사이, 법과 전쟁 사이, 전쟁과 공장 사이, 공장과 농사 사이, 농사와 관청 사이, 관청과 학문 사이를 생각하는 사람들이 없다(「생각의 사이」). 흑색 제복의 관리와 황색 제복의 상인과 녹색 제복의 군인이 국민을 구성하고 있기 때문에 이 나라의 국기는 흑황록 삼색기이다. 이들은 필요에 따라 초병 근무 시키듯 시민이나 민간인을 뽑는다(「삼색기」). 이 나라의 사람들은 넥타이를 매고 보기 좋게 일렬로 서서 작아지고 들리지 않는 명령에 귀 기울이며 작아지고 수많은 모임을 갖고 박수를 치며 작아져서, 우습지 않을 때 웃고 슬프지 않을 때 슬퍼하고 기쁜 일을 숨기고 분노를 계산하고, 시키지 않으면 질문하지 않는다(「작은 사내들」). 시인에게 자신까지 포함한 그들의 삶은 기우뚱거리는 몸을 가누며 헛디디면 거기서 끝장이라고 두려워하며 저마다 아슬아슬하게 발을 옮기는 공포의 외줄 타기인 것처럼 생각된다. 그들에게 세상은 도처에 함정이 깔려 있어서 한번 빠지면 양심이나 이념 같은 것은 말할 나위도 없고 후회나 변명도 쓸데없는 지옥이다(「줄타기」).

자유를 자유라 부르며

사랑을 사랑이라 부르는

우리의 모국어는 어디 있는가

―「1981년 겨울」 부분

전두환이 12대 대통령으로 취임하고 봄, 여름, 가을을
지낸 그해 겨울에 시인은 어떤 일이 있어도 쫓기며 뛰지
않겠다고 다짐한다. 천천히 걸으며 몸속에 퍼지는 암세포
까지도 삶의 일부로 받아들이겠다는 그의 결의는 사람에
게는 사람의 모습을 보여주고 드라큘라에게는 드라큘라의
모습을 보여주는 거울을 갖고 싶다는 희망과 통한다. 시
인은 한밤에 찾아온 친구와 벤야민을 이야기하며 밤을 새
운다. 그는 새벽에 "충혈된 두 눈을 절망으로 빛내며"(「희
망」) 어둠 속으로 사라진다. 시인은 희망이란 말이 그들에
게는 외래어라고 생각해보다가 강하게 부정한다.

그렇다 절망의 시간에도

희망은 언제나 앞에 있는 것

어디선가 이리로 오는 것이 아니라

누군가 우리에게 주는 것이 아니라

싸워서 얻고 지켜야 할

희망은

절대로

외래어가 아니다

—「희망」 부분

　북한산 언덕길을 오르다가 문패 없는 저택들과 대문 없는 판잣집들을 보고 시인은 음산한 저택들에서 죽음의 냄새를 맡고 마당 없는 판잣집들에서 사람의 냄새를 맡는다(「북한산 언덕길」). 그는 일 년에 한 번쯤 몇 사람이 드나들기 위해 만들어놓은 큰 문을 헐고 누구나 드나들 수 있는 작은 문들을 새로 만들고 싶어 한다. 「목발이 김 씨」는 평등 공리가 통용되지 않는 안개의 나라 이야기이다. 지하 5층 지상 30층 빌딩의 기초공사를 할 때 김 씨는 비계를 오르다가 발을 헛딛고 추락하여 왼쪽 다리를 잃는다. 자기가 맡았던 13층 비상계단 입구가 어떻게 마무리되었는지 궁금하여 목발을 짚고 빌딩을 찾아간 그에게 수위는 일 없는 사람을 들일 수 없다고 말한다. 시인은 비천하고 비루하고 때로는 역겹기까지 한 집들과 마을들과 도시들을 직시하고 이 안개의 나라에 두 발을 굳게 딛고 자기 나름으로 지상의 거처를 상상해보고 싶어 한다. 시인은 시간을 거슬러 올라가 나라 잃은 시대에 "아무도 말하지 못하고 / 아무도 쓰지 못한 / 그것을 이렇게 / 우리말로 이야기하고 / 우리글로 써서"(「그때는」) 남긴 사람들을 생각하고, "앞서간 당신은 누구였습니까. 이제 나를 뒤따라오는 당신은 누구입니까. 그리고 오늘은 언제인가요"(「450815의 행방」)라고 질문한다.

「크낙산의 마음」은 김광규가 상상하는 지상의 거처가 어떠한 곳인가를 짐작할 수 있게 하는 시이다. 첫째 그곳에는 주인이 없고 중심이 없다. 둘째 그곳에는 바위와 수풀이 제멋대로 널려 있고 우거져 있다. 셋째 그곳에는 나무와 짐승 들이 땅과 하늘을 집 삼아 몸만 가지고 넉넉히 살아간다. 생리 조건과 환경 조건을 다 알 수 없으므로 우리는 세상일에 일일이 개입할 수 없다. 잘 알지도 못하면서 이것저것 간섭하는 사람들이 세상을 혼란스럽게 한다. 현실의 계기는 무한하므로 개입이 확대되면 사회 자체가 작동하지 않게 될 것이다. 비개입은 자율의 조건이다. 잘못된 개입은 노예나 독재자를 만든다. 노예가 안 되려면 투사가 되어야 한다. 독재자가 안 되려면 투사가 되어야 한다. 인간의 역사는 노예가 되지 않게 하고 독재자가 되지 않게 하는 평등 공리를 전제한다. 작가는 인물들을 간섭하지 말고 좋은 인물과 나쁜 인물에게 다 말하게 해야 한다. 선생은 학생들을 간섭하지 말고 우등생과 열등생이 다 말하게 해야 한다. 작가와 교사는 인물들과 학생들에게 관심이 없어서 개입하지 않는 것이 아니라 그들을 존중하기 때문에 개입하지 않는 것이다. 과대평가나 과소평가 없이 있는 그대로 그 사람의 고유성을 인정하는 것을 존중(respect: 다시 보기)이라고 한다. 평등 공리가 통용되지 않으면 못살겠다고 말하는 사람이 많아진다. 못살겠다는 사람의 비율이 낮아질 때 비로소 "이 땅을 버리고 어디로 가랴"라고 말하는 사람들이 늘게 된다. 불공정한 차별에 반대하지 않으면 노예가 생기고 독재자가 나온다. 반대가 없는 사회에는 자의적인 개입이 증가하고 동시에 불평등도 심해진다. 경공업과 중공업 사이에 어긋남이 있듯이 비개입과 평등 공리 사이에도 어긋남이 있으나, 근원적인 어긋남에도 불구하고 정치적 사건의 주체가 대중이라는 것은 변함없는 사실이다. 대중에게는 국가를 포위하여 평등 공리가 통용되도록 강제할 수 있는 힘이 있다. 김광규는 비개입과 평등 공리의 어떤 균형을 신념으로 간직하고 있다.

일찍부터 우리는 믿어왔다
우리가 하느님과 비슷하거나
하느님이 우리를 닮았으리라고

말하고 싶은 입과 가리고 싶은 성기의
왼쪽과 오른쪽 또는 오른쪽과 왼쪽에
눈과 귀와 팔과 다리를 하나씩 나누어 가진

우리는 언제나 왼쪽과 오른쪽을 견주어
저울과 바퀴를 만들고 벽을 쌓았다

나누지 않고는 견딜 수 없어
자유롭게 널린 산과 들과 바다를
오른쪽과 왼쪽으로 나누고

우리의 몸과 똑같은 모양으로
인형과 훈장과 무기를 만들고
우리의 머리를 흉내 내어
교회와 관청과 학교를 세웠다
마침내는 소리와 빛과 별까지도
왼쪽과 오른쪽으로 나누고

이제는 우리의 머리와 몸을 나누는 수밖에 없어
생선회를 안주 삼아 술을 마신다
우리의 모습이 너무나 낯설어
온몸을 푸들푸들 떨고 있는
도다리의 몸뚱이를 산 채로 뜯어먹으며
묘하게도 두 눈이 오른쪽에 몰려 붙었다고 웃지만

아직도 우리는 모르고 있다

오른쪽과 왼쪽 또는 왼쪽과 오른쪽으로

결코 나눌 수 없는

도다리가 도대체 무엇을 닮았는지를

—「도다리를 먹으며」 전문

김광규의 시에는 달착지근한 감정이 없다. 감정이 상하면 감상이 된다는 것을 시인 스스로 명확하게 인식하고 있기 때문이다. 그의 시는 신념을 전하는 시가 아니고 지식 내지 교훈을 전하는 시도 아니다. 시인이 할 일은 지식을 나누어 주는 일도 아니고 또한 무엇이 옳고 무엇이 그르다고 설득하는 일도 아니라는 것을 그 자신이 잘 알고 있기 때문이다. 그러나 김광규의 시에는 상당히 많은 경우에 어떤 지혜가 표명되어 있다. 로버트 프로스트는 희열에서 시작하여 지혜로 끝나는 것이 시라고 말했다.

김광규의 시에는 병과 죽음의 테마와 사랑과 화해의 분위기가 공존하고 있다. 11권이나 되는 그의 시집들에 흐르는 라이트모티프는 시간이라고 할 수 있을 터인데, 그 시간은 다원적으로 결정되는 다각적 측면에서 서로 다른 시선을 가능하게 하는 복합적 다양체이다. 김광규의 시 속에 흐르고 있는 시간은 직선이 아니라 여러 개의 서로 다른 경로로 진행하는 원환이다. 그 시간은 생생하던 모든 것을

낡은 사진처럼 희미하게 만들지만 또 겨우 존재하는 흔적
들을 미나리마름처럼 되살려낸다.

 밤새도록 오른손이 아파서
 엄지손가락이 마음대로 안 움직여서
 설 상 차리는 데 오래 걸렸어요
 섣달 그믐날 시작해서
 설날 오후에 떡국을 올리게 되었으니
 한 해가 걸렸네요
 엄마 그래도 괜찮지?
 (남편과 자식 뒷바라지에 시달려
 이제는 손까지 못쓰게 된 노모가
 외할머니 차례 상에 술잔 올리며
 혼자서 중얼거리네)
 눈물은 이미 말라버렸지만
 귀에 익은 목소리 들려와
 가슴 막히도록 슬퍼지는 때
 오늘은 늙은 딸의 설날
 까치 까치 설날은
 어저께였지

 —「오른손이 아픈 날」 전문

손이 아파서 차례 상을 차리는 데 이틀이 걸렸다. 오른손 엄지는 그냥 아프다는 말로는 전달할 수 없는 고통의 제유이다. 자식들은 그녀의 아픔을 깊이 알지 못한다. 그녀 자신만큼은 아니더라도 남편은 그녀의 아픔을 자신의 아픔으로 속속들이 느낄 수 있다. 한 해를 들여 천천히 공들인 차례 상에 술잔을 올리며 늦게 차려 미안하지만 이해해주리라 믿고 "엄마 그래도 괜찮지"라고 혼자서 나지막하게 하소연해본다. 이 시의 화자는 남편이지만 "외할머니"라는 말에서 짐작할 수 있듯이 그는 자식들의 대변자이기도 하다. 화자는 두 사람의 엄마를 바라본다. 엄마는 술잔을 올리면서 귀에 익은 목소리를 듣고 "까치 까치 설날"을 부르는 어린아이가 된다. 엄마의 영혼 앞에는 손이 아픈 늙은 딸과 아픔을 모르는 어린 딸이 공존한다.

김광규의 시들은 부드러운 화해의 분위기를 배경으로 하고 부조리한 세상을 전경에 놓는다. 그 세상은 충만한 존재와 너무나 멀리 떨어져 나와 있어서 모든 사람이 존재의 결핍을 절감하지 않을 수 없게 하는 거북한 공간이다. 지하실 구석방에 홀로 살며 한겨울이나 한여름에는 지하철 노약자석에서 하루를 보내는 노인이나(「쪽방 할머니」) 산을 가리고 뜰의 화초를 시들게 하는 고층건물 때문에 전망이 막힌 실내에 갇혀 소용없는 민원을 내보다 지쳐버린

하우스푸어나(「그늘 속 침묵」) 그들이 겪어내는 나날의 삶은 부적합한 공간을 힘겹게 견뎌내는 시련에 지나지 않는다. 모두가 불만에 가득 차 있기 때문일까? 이 땅에는 이해할 수 없는 일이 일어나기도 한다. 선원들이 3백여 승객을 진도 앞바다에 버려둔 채 자기들만 탈출한다(「바다의 통곡」). 무책임과 부주의는 어쩌면 우리들의 습성이 되어버렸는지도 모른다.

땅거미 내릴 무렵
건널목에서 우회전하다가
길 한가운데 움직이는 물체가 보여
황급히 브레이크를 밟았다
너덧 살 난 꼬마가 거기 있었다
급정거에 아랑곳없이
스키니 청바지에 야구 캡을 쓴 엄마가
스마트폰을 환하게 들여다보며
뒤따라오고 있었다

—「건널목 우회전」 전문

때는 만물이 윤곽을 잃어버리는 황혼이다. 브레이크를 밟지 않았으면 한 어린아이가 목숨을 잃어버렸을 위급한 순간인데 젊은 엄마는 자기 아들 때문에 차가 급정거하는 소리조차 듣지 못하고 어스름 속에서 환하게 스마트폰을 들여다보며 아이의 뒤를 따라오고 있다. 그 젊은 엄마의 환한 얼굴이야말로 우리 시대의 진정한 어두움을 말해주는 징후가 아닐까?

10편의 연작시 「아니리」는 '시인 김광규 씨의 하루'라고 할 만한 내용을 꾸밈없이 진솔하게 보여준다. 아니리는 판소리에서 소리와 소리 사이를 이어주는 풀이말로서 소설에서 장면과 장면을 이어주는 요약에 해당된다. 모두가 악을 쓰는 시대에 들릴 듯 말 듯 중얼거리는 사람이 시인이라고 생각하는 그는 뽑아대는 소리보다 말하듯 풀어내는 아니리가 자신의 호흡에 더 적합하다고 판단한 듯하다. 10편의 내용을 요약하면 다음과 같다. 1. 나른하게 홀려서 진실을 외면하게 하는 봄보다 얼어붙은 임진강 물에 빠진 시체가 그대로 보이는 겨울이 차라리 낫다. 2. 생명의 목적은 쓰임새가 아니라 아름다움에 있다. 3. 헛된 희망보다 참된 절망이 더 소중하다. 4. 올곧은 사람들 모두 가고 못된 놈들만 설쳐대는 것이 한심하나, 시인 자신도 괜찮은 쪽에 들지 못한다는 것이 더 문제다. 5. 진실은 사진이 아니라 기억에 들어 있을 것 같은데 교통순경과 싸우던 기억이 가장 생생한 것을 보면 기억조차도 믿을 수 있는 것은 못 되는 듯하다. 6. 떼를 지어 몰려다니는 등산객들의 고기 굽는 냄새와 화투 치는 소리가 눈 맞으며 혼자 걷던 세 검정 길을 더럽히고 추억 속의 조선 종이 냄새까지 오염시킨다. 7. 생애를 바꾸는 것은 인간의 의지가 아니라 한 순간의 우연이다. 8. 스포츠카를 사고 증권 거래에 골몰하는 사람들에게는 가난에도 불구하고 정직하고 관대하게 살았던 사람들의 정신이 결여되어 있다. 9. 이미 소유한 재산에 만족하지 않고 학교와 병원, 신문사와 방송국을 소유하려 하고 거기에 더하여 국회의원 배지까지 소유하려 하는 것은 똬리를 트는 것이 뱀의 생리이듯이 누구도 무어라고 할 수 없는 부자들의 생리다. 10. 추석이 지나도 불타는 태양이 홍수가 휩쓸고 간 들판을 달구며 계절밖에 믿을 게 없는 사람들을 실망시킨다.

그러나 김광규의 시에는 한탄하며 여생을 보내는 사람이 많이 나오지 않는다. 병을 겪고 죽음을 가까이 느끼면서도 그의 시에 등장하는 사람들은 세상의 메마름을 견딜 수 있게 하는 지혜를 간직하고 있다. 그것은 오래된 것들, 쓸모를 상실한 것들에 대한 절대적인 신뢰이다. 우주의 중심에 존재하는 것들은 오래된 것들과 쓸모없는 것들이다.

조상의 묘지와 위토는 절대로 팔아먹으면 안 된다
마당의 나무들은 한 해 걸러 거름을 주어야 한다
감이 열리면 늦가을에 이웃들과 나누어 먹고

지하실에 둔 와인은 손녀가 시집가는 날

하객들과 나누어 마셔라……

—「쓰지 못한 유서」 부분

할아버지가 감 딸 때에 높은 가지에 까치밥 몇 개는 남
겨둔 이유와(「가지치기」) 비밀이라도 알려주듯 처음으로
꽃을 피운 난초를 보여준 이유를 짐작하게 된 시인은 지금
은 비록 컴퓨터 게임에 바쁘더라도 오래 기다리면 언젠가
는 할아버지의 마음을 손자가 알게 될 것이라는 희망을 포
기하지 않는다(「난초꽃 향기」). 그는 기계가 아무리 발달해
도 기계의 시대가 사람의 바탕을 바꾸지는 못하리라고 믿
는다. 몽골 초원에서 양 떼를 지키는 소녀가 두 손 모아 기
도한다고 생각하고 다가가 보니 그 소녀는 카카오톡에 열
중하고 있었다(「가을 소녀」). 눈매와 입매는 엄마 아빠를
닮았지만 소녀의 마음은 엄마 아빠와는 다른 미래로 날아
가고 있었다. 시인이 보기에 그것은 어머니의 어머니의 어
머니 적에도 그랬고 딸의 딸의 딸 적에도 그럴 것이다. 기
술은 태초 이래로 젊은 사람들이 몽상하던 미래의 한 종류
일 뿐이다.

기계 문명에 대한 과대평가를 되도록 삼가려는 마음은
쓸모없는 것들의 쓰임새로 향한다. 토마스 아퀴나스도 행

동의 선을 추구하는 윤리와 작품의 선을 추구하는 기술을 구별하고 목수의 실용적 기술과 화가의 자족적 기술을 구별하였다. 사물의 감추어진 매력은 쓰임새가 소멸했을 때 드러난다. 나무의 시간이 있고 돌의 시간이 있다. 사물의 내면에 깃들인 정서적 공간을 발견하려면 인간의 실용주의에서 벗어나야 한다. 시에서 문제되는 것은 인간의 현실성이 아니라 물질의 현실성이다. 물질의 현실성이 시인을 훈련한다. 시인은 자기가 바라는 것을 말하는 사람이 아니라 사물이 원하는 것을 말하는 사람이다. 시인의 모럴은 물질 속에 새겨져 있는 질료에 공감하는 모럴이다. 아름다움뿐 아니라 사랑이라는 것도 쓸모없는 것의 쓰임새에 속하는 것은 아닐까? 그리고 아름다움과 사랑은 관념이 포착할 수 없는, 어떤 깨달음에 속하는 것은 아닐까?

「이름」이란 시에서 김광규는 어디에 적혀 있지 않아도 입에서 입으로 전해 내려오는 그 많은 강과 산의 이름들을 누군가 어디서 서로 부르고 때로는 제각기 스스로 부르면서 곳곳에서 살아 움직이는 사람들의 이름에 비교한다. 세상에는 이름 없는 풀이 없듯이 이름 없는 사람도 없다. 이 세상에 존재하는 모든 것은 존재할 만한 가치를 지니고 있다. 한 그루의 나무를 보라. 실뿌리가 자라서 굵은 뿌리가 되고 나무 밑동에서 조금씩 줄기가 생겨 갈라지고 줄기에서 나뭇가지가 퍼져나가 가지마다 수많은 이파리가 돋아나며 땅으로부터 하늘로 올라가는 운동과 햇볕과 비와 바람이 가지에서 밑동으로 다시 뿌리로 스며들며 하늘로부터 땅으로 내려가는 운동이 하나로 통일되어 나무를 만든다. 아래로 당기는 힘이 강해지면 위로 솟구치려는 노력도 그만큼 더 강해진다. 나무는 천상과 지상의 긴장을 유지하면서 살아 있는 존재이다.

그것은 커다란 손 같았다
밑에서 받쳐주는 든든한 손
쓰러지거나 떨어지지 않도록
옆에서 감싸주는 따뜻한 손
바람처럼 스쳐가는
보이지 않는 손
누구도 잡을 수 없는
물과 같은 손
시간의 물결 위로 떠내려가는
꽃잎처럼 가녀린 손
아픈 마음을 쓰다듬어주는
부드러운 손
팔을 뻗쳐도 닿을락 말락
끝내 놓쳐버린 손
커다란 오동잎처럼 보이던

그 손

—「그 손」 전문

　신을 믿건 안 믿건 시인에게는 세상의 메마름을 견뎌내게 하는 최소한의 근거가 있어야 한다. 그 자체는 단적인 비합리라고 할 수밖에 없겠지만 그것에 기대어 미와 추를 분간하는 근거에 대한 믿음이 없는 사람은 결코 시를 쓰지 못한다. 정말로 위대한 시란 바로 이 근거에 육박하는 물질의 유희이다. 이 믿음이 존재의 근저까지 침투해 들어오는 고독을 이겨내게 하고 자기 존재의 심연을 열어 보이게 한다. 근거를 믿기 때문에 그는 아무것도 두려워하지 않고 무장을 스스로 해제한 채 물질과 유희한다. 김광규는 한편으로 악이 군림하는 이 세계를 거부하면서 다른 한편으로 심오한 근거 위에 존재하는 이 세계를 포용한다. 그의 꾸밈없는 도덕주의는 무병 신음을 경계하면서도 상처를 감추려고 하지 않는다. 그러나 그는 그 상처들을 밑에서 받쳐주는 든든한 손을 믿는다. 그것은 꽃잎처럼 가녀린 손이고 바람처럼 스쳐가는 보이지 않는 손이고 누구도 잡을 수 없는 물과 같은 손이다. 이 시는 비유의 잔치이지만 우리는 이 시의 비유들에서 기교의 흔적을 찾을 수 없다. 이 비유들의 초점이 상처와 근거의 긴장에 있기 때문이다. 현실의 근거는 비유를 통해 본래의 의미를 드러낼 수밖에 없다.

연보

1941년   1월 7일, 서울 종로구 통인동 출생.

1960년   서울중·고등학교 졸업.

1964년   서울대학교 문리과대학 독문과 졸업.

1967년   병역 3년 복무 후 만기 제대. 정혜영과 결혼.

1969년   중앙고등학교 독일어 교사.

1972년   서울대학교 대학원 독문과 석사과정 졸업. 괴테 인스
         티투트 장학생으로 독일 유학. 뮌헨 대학교 수학.

1974년   귀국 후 부산대학교 독문학 교수.

1975년   계간 『문학과지성』에 「시론」 「유무」 「영산」 등의 시를
         발표. 하인리히 하이네 『바다의 망령』(민음사) 귄터 아
         이히 시집 『비가 전하는 소식』(민음사) 번역 출판.

1978년   작가론 총서 『카프카』(문학과지성사) 편저. 페터 빅셀
         의 산문집 『책상은 책상이다』(문장사) 번역 출판.

1979년 첫 시집『우리를 적시는 마지막 꿈』상자. 군부의 검열
로 배포 금지되었다가 다음 해에 출시됨.

1980년 번역 시집『19세기 독일 시』(탐구당) 출간. 한양대학교
독문학 교수.

1981년 제1회 녹원문학상 및 제5회 오늘의 작가상 수상.

1983년 서울대학교 대학원 독문과 박사과정 졸업. 학위 논문
을 정리한『귄터 아이히 연구』(문학과지성사)와 두번
째 시집『아니다 그렇지 않다』출간.

1984년 제4회 김수영문학상 수상(『아니다 그렇지 않다』).『현
대 독문학의 이해』(민음사) 편저.

1985년 베르톨트 브레히트 시선집『살아남은 자의 슬픔』(한마
당) 번역 출판.

1986년 세번째 시집『크낙산의 마음』출간. 귄터 아이히 방송
극집『알라신의 마지막 이름』(정음사) 번역 출판.

1987년 귄터 아이히 시선집『햇빛 속에서』(전예원) 번역 출판.
84인 공동 시집『서울의 우울』(책세상) 편저.

1988년 초기 시선집『희미한 옛사랑의 그림자』(문학과비평사)
와 네번째 시집『좀팽이처럼』출간.

1990년 다섯번째 시집『아니리』출간. '샌프란시스코 세계작
가회의' 참석. 독일 본 대학교 초청 시 낭독회.

1991년 독일 지겐 대학교 여름 학기 객원교수. 한국 대표 시
인 선집『대장간의 유혹』(미래사) 출간. 런던에서 영역
시집『Faint Shadows of Love』출판.

1992년 도쿄 개최 '한일작가회의' 참석. 베를린 문학교류회

(LCB) 초청 '한국문학의 주간' 조직 및 작품 낭독.

1993년   서울 개최 '독일문학의 주간' 행사 주관. 이후 한독 문
         학 교류 행사 연례화.

1994년   제4회 편운문학상 수상(『아니리』). 여섯번째 시집『물
         길』출간.

1996년   산문집『육성과 가성』(문학과지성사) 출간.

1997년   뒤셀도르프 하이네 기념관 초청 시 낭독회.

1998년   일곱번째 시집『가진 것 하나도 없지만』출간. 오스트
         리아 빈 대학교 겨울 학기 객원교수.

1999년   빌레펠트에서 독역 시집『Die Tiefe der Muschel』출간.
         오스트리아 문학협회 초청 시 낭독회.

2000년   라이프치히와 취리히에서 시 낭독회. 서울에서 '시의
         숨결' 시 낭독회. 한국문화예술위원회 주최 '금요일의
         문학 이야기' 초청 강연.

2001년   회갑 기념 문집『김광규 깊이 읽기』(문학과지성사) 발
         간. 중반기 시선집『누군가를 위하여』(문학과지성사)
         출간. 뮌헨 괴테 포럼 주최 '대도시 서울 작가 초청 작
         품 낭독회' 참가.

2002년   콜롬비아 메데진에서 열린 '세계서정시대회' 참가.

2003년   여덟번째 시집『처음 만나던 때』출간. 슈투트가르트
         작가의 집 초청 2개월 체류 작가. 제11회 대산문학상
         수상(『처음 만나던 때』).

2004년   도쿄에서 일역 시집『金光圭詩集』출판. 와세다 대학
         교 초청 시 낭독 및 강연.

2005년 버팔로에서 두번째 영역 시집 『The Depths of a Clam』 출판. 마드리드에서 스페인어 번역 시집 『Tenues sombras del viejo amor』 출판. 베를린 국제 문학축전(ilb) 참가. 프랑크푸르트 국제도서전 한국 주빈국 행사 참가.

2006년 산문집 『천천히 올라가는 계단』(작가) 출간. 한영 대역 시선집 『상행 A Journey to Seoul』 출판. 미국 버팔로 대학, 하버드 대학, 버클리 대학 초청 낭독회 개최. 독일 언어문학예술원의 프리드리히 군돌프 상(Friedrich-Gundolf-Preis) 수상.

한양대 정년 퇴임.

2007년 아홉번째 시집 『시간의 부드러운 손』 출간. 베이징에서 중역 시집 『模糊的旧愛之影』 출판. 베이징과 상하이에서 시 낭독 및 강연. 제19회 이산문학상 수상(『시간의 부드러운 손』).

2008년 한독협회 제정 제5회 이미륵 상 수상.

2009년 독일 바이마르, 에어푸르트, 괴팅겐에서 시 낭독 및 강연.

2010년 스페인 마드리드와 말라가 대학교, 독일 라이프치히와 예나, 그리고 중국 베이징 인민대학과 위해 산동대학에서 시 낭독 및 강연. 괴팅겐에서 두번째 독역 시집 『Botschaften vom grünen Planeten』 출판.

2011년 열번째 시집 『하루 또 하루』 출간. 제16회 시와시학 작품상 수상. 취리히 시, 베를린 한국문화원, 하우자흐

시 초청 작품 낭독회.

2012년   프라하에서 체코어 번역 시집 출판. 한국 유럽학회 제
               정 유럽문화교류 대상 수상. L.A. 한인문학회에서 작
               품 낭독.

2013년   알렉산드리아에서 아랍어 번역 시집 출판. 하노이에서
               베트남어 번역 시집 출판. 버팔로에서 네번째 영역 시
               집 『One Day, Then Another』 출판.

2014년   동화 『꽃과 나무의 사랑 이야기』(조콘다 벨리 지음) 번
               역 출판(한마당). 난징작가회의 초청 시 낭독.

2015년   한국문학번역원 간행 『_list. Books from Korea』(Vol. 28)
               김광규 특집. 홍콩 여행.

2016년   열한번째 시집 『오른손이 아픈 날』 출간. 이탈리아 베
               네치아의 카포스카리 대학교 초청 2개월 체류 작가.

2017년   현재 한양대 명예교수.

찾아보기(작품명)